異世界転生したら辺境伯令嬢だった

Isekaitensei shitara henkyouhakureijou datta

～推しと共に生きる辺境生活～

2

凪 Nagi

illust. ののまろ

TOブックス

Characters

Celestiana Ariella Riley

セレスティアナ・アリアエラ・ライリー

元オタク女子。貧乏領地を救うため、
前世の知識で繁栄を目指している。
四季の彩りや食べ物が大好き。
絶世の美少女で、まるで
天使や聖女のように崇められている。

Sigmund Riley

ジークムンド・ライリー

ライリー領の領主。
親バカで情に熱くシルヴィアとティアが
大好きなイケメン。
ティアが前世で大好きだった
声優の声にそっくり。

Sylvia Foss Riley

シルヴィア・フォス・ライリー

ライリー領の領主夫人。
その姿は氷の妖精の女王のように美しい。
気立てが良く、
奔放なティアを優しく見守っている。

Asher

アシェル

ジークの友人のイケメンエルフ。
人当たりが良くて面倒見も良い聖人のような人物。

Rinaldo

リナルド

森で出会った精霊。見た目はまさにエゾモモンガ。
光と植物と大地の属性を持つ彼女に惹かれて契約したらしい。

Alisha

アリーシャ

ティア専属のメイドさん。
おっちょこちょいなティアをいつも気にかけてくれている。

Gilbert Cary Luke Grangerd

ギルバート・ケイリールーク・グランジェルド

グランジェルド王国の第三王子。
変装中のティアとの出会いから
ずっと彼女のことが気になっている。

CONTENTS

Illustration ▸ ののまろ　Design ▸ AFTERGLOW

新緑の章

夏の庭の涼

目が覚めると、天蓋《てんがい》付きベッドの中で、両サイドに両親が寝ていた。

いわゆる川の字状態。

誰にも奪わせないというかのように両親は私を挟んで守るように寝ていたのだ。

感動しつつも両サイドのどちらの胸元に顔を埋めようか迷ってキョロキョロしていたら、お父様が目覚めてしまった
遅かった。判断が遅い。私のバカ。

「起きたのか、ティア、体は大丈夫か？」

「元気です」

「ん……おはよう、ティア……」

お母様まで起きてしまった
「お二人とも、おはようございます、良い朝ですね」

窓からは朝陽が差し込んでいたし、観念して起きる事にした
妖精リナルドはどこにいるのかと思ったら……しれっと両親の真ん中に寝ていた私の頭の上の方に丸まって寝ていた。

「要所の畑というのはどこか、地図を見れるか？」

起きたお父様がベッドサイドに用意していたらしいライリーの地図を拡げ、リナルドに問う。

『分かる、ここか、龍脈だから。あ、龍脈は大地の気が流れる道の事だよ』などと説明している。

私は私で準備をしなければ。

「お母様、まだ夏で暑いので魔石に氷の魔力を入れてくれませんか？」

「構わないけど、魔石に魔力を入れても魔石が冷んやりするだけでは無いの？」

「風魔法使いにも協力して貰って周囲に冷気を振り撒《ま》く魔道具を急いで作ってみようと思います」

構想は前から練《ね》っていた。

「まあ、そんな便利な物が作れるの？」

「土魔法は創造魔法の系列なのでいけそうな気がします」

つまり物作りは得意分野。でも失敗したら笑って流して欲しい。

「宝物庫にイチイの木の杖や魔石や宝珠があるから好きに使いなさい」

お父様が大盤振る舞いの発言をした。

「成功したらお父様達のお部屋の分も作りますね、冷気放出魔道具」

簡易クーラーだ。

簡易クーラーの杖を急いで作った。杖なので持ち運び可能。

イチイの杖の先端に魔石、ここに氷の魔石。少し下の部分に宝珠をはめ込む。

風魔法を拡散する術式を埋め込むのは騎士のレザークが協力してくれた。

三つ完成した。

お父様はその間、領内にいる風魔法の能力持ちを家令に集めさせて、歌の拡散に協力を求めるよう指示を出していた。

さあ、ちょい遅れたけど朝ご飯。

「ロスティというのか、このじゃがいも料理は」

朝の爽《さわ》やかな空気の中で、香ばしい香りが漂う。

殿下が朝食に出した料理を美味しそうに食べて、私に話しかけた。

「そうです。簡単な物ですけど、じゃがいもを食べたくなった時に良いです」

私はそう言って、外はカリッと中はホクホクしたロスティを堪能《たんのう》する。

じゃがいもを細く切ったものをフライパンで炒めて、表面がこんがりするまで焼くだけ。

前世の記憶で作った、スイスの伝統的なじゃがいもの旨みを感じられる料理である。

お父様も美味しそうに食べている。

ロスティには目玉焼きを上にのせてもいい。今回はちょっとのせてないけど。

今回の他のメニューはかぼちゃのパンにコーンスープ。それにフルーツに桃。

「全部、美味しいけど特にこのパン、優しい甘さで好き」

お母様は特にかぼちゃ餡《あん》を包み込んだパンが気に入っている様子。

夏であっても授乳中の母の体はあまり冷やさないよう温かい料理を出す。

「簡易冷気放出魔道具でも、あまり体を冷やし過ぎないように、でも暑さで熱中症にならないように、調整して使って下さいね」

氷の精霊の加護があるお母様だけど、念の為注意を促す。

「分かったわ、ありがとうティア」

「簡易冷気放出……魔道具とはなんだ？」

殿下が興味を持って聞いてきた。

私は手を軽く振って執事に合図をした。

「これは歌の拡散等でお手伝いいただいた殿下へ、夏でも涼しく過ごせるように作った魔道具です」

殿下の分もちゃんと作ったのよ。

「おお、こんな便利な物がこの世の中にあったとは」

殿下は杖を持って感動した様子。

朝に、早起きして作りました。朝活。

「今朝完成しましたので」

「は⁉　今朝⁉　ま、まあよい、お礼に竜騎士を五人程呼んでやろう、馬車移動より速くて良いはずだ」

え⁉　お礼にお礼を返すの⁉　いや、それよりも！

「私、竜に乗れるんですか⁉」

「流石に一人では無理だから竜騎士に同乗してもらって畑に移動すると良い」

きゃ――――っ‼　空が飛べる上に竜ですって‼

「ありがとうございます!!」

殿下、有能!

「ティア、はしゃいで落ちないようにするんだぞ」

お父様が私を心配している。

「大丈夫ですよ、竜騎士の方に迷惑をかけるような真似は致しません」

ワクワクしてきた!

夕方には出発出来るように間に合わせてくれるらしい。

夕空の中を竜で飛ぶのか、綺麗だろうな。

最高に「映《ば》え」ではなかろうか。

＊＊＊

殿下が竜騎士の手配を、お父様が風魔法が使える者を集めてるのでお昼は待機。

私は昼食後にクーラーの杖と共に庭園のガゼボに来た。

夏の陽射しは強いけど、緑が濃くて綺麗だ。

ガゼボの椅子に杖を立て掛け涼しい風を送る。

爽やか。

妖精のリナルドはベンチの端っこで寝る事にしたようだ。

よく寝る妖精だ。見た目はモモンガ系だけど猫みたい。

凄い早さで寝入った妖精はそっとしておいて、トレイに乗せて持って来た念願の物をじっと見る。

完成した、炭酸ジュース！

松葉でサイダーが作れるのだ、これは前世の知識。

夏にはサイダー！　砂糖も入れている。

サイダー入りの蓋付きの瓶に氷と、この世界ではまだ珍しい、透明度の高いグラスも二つ用意している。

誰かの乱入を考慮している。

去年にはビーカーで透明度の高い耐熱ガラス実験セットを作った天才錬金術師に家族分と、予備に一〇個ほどガラスのコップを注文して作って貰っていた。

一つのグラスにサイダーと氷を注ぎ入れた。

夏の陽射しの中、しゅわしゅわと泡が弾ける。

グラスに口を付け、飲んでみる。

「ああ、本当にサイダーだわ………」

一人でサイダーを堪能してると殿下が目ざとく私を発見してやって来た。

センサーでも付いているのか、本当に私をよく見つけるのだ、彼は。

差し上げたクーラー杖を持っているところを見るに、機能を試していたのかな。

いつもの側近も近くにいる。

「ジュースを飲んでいたんです」

殿下が夏の空色を溶かしたような蒼い瞳でジュースを覗き込む。

「泡……？」

「しゅわしゅわする炭酸が入ったジュースです、飲んでみますか？」

「ああ、よければ」

その言葉に毒見役の側近が進み出ようとしたけど、

「私の飲み差しなら、毒見済みって事でいいですか？」

と言ったら、赤茶髪の騎士は足を止めた。

「あ、ああ」

殿下は素直にグラスを受け取った。

しかし、やや顔が赤くなっている。

サイダーはまだあんまり量が無いのだから飲み差しでも許して欲しい、どうせ毒見がいるのなら。

殿下はグラスに口を付けて口に入れた。……ゴクリ。

「本当にしゅわしゅわして面白いし、爽やかな飲み物だな、……美味しい」

「気に入ったようで何よりです」

殿下まつ毛長いな……。

私は初めての飲み物に驚いて何度も瞬きしてるその初々しい少年の姿を眺めていた。

「側近にも涼しい風を使えるようにしてやるか」

殿下が少し離れた所に邪魔しないように待機している側近達に杖を貸した。

騎士達がおもちゃを貰った子供のように掲げたり振ったりしている。

なんか可愛いな、大人なのに。

サイダーの小さく弾ける炭酸の音を聞きながら、魔法の杖からそよぐ風を受ける。青い空と庭の緑を眺め、サイダーを飲んで、私達は夏を満喫していた。

課題

竜に乗れると分かっていたら、女騎士風衣装でも作っておきたかった。

でもそんな服は無いので白いフリルのノースリーブのブラウスと短パンで竜に乗る事に。

流石にスカートは無理でしょと思ったので。

竜騎士様から自己紹介で名前を聞いた。ジェイク様というらしい。

夕空を翼の大きな緑色のワイバーン、竜の背に乗せて貰って飛ぶ。

私は抱えらえるように竜騎士様の手前で落ちないように支えられ、リナルドは私の胸元でひしっとしがみついている。

オレンジ色の空が雄大でとても綺麗。

風も心地が良い。

竜に乗るお父様の背中を追いかけて飛ぶ…。殿下も竜騎士と同乗してる。

今日も私は記録の宝珠を持って来ている。

あらかじめ大事な宝珠を落とさないように球体を結ぶ時用のロープワークで縛って来た。

宝珠の紐は手首と繋がっている。

宝珠を握りしめてしっかりと見た。

夕空を竜に乗って飛ぶお父様を……。かっこよくて美しい風景……。

今回は留守番のお母様にも後で見せて差し上げなくては。

現地に着いたら先触れ効果か、農民のギャラリーもけっこういた。

遊牧民のゲルのような天幕まで用意されていて、神官や巫女が揃い、

「お召し替え下さい」と言う。

え、わざわざ着替えるの？

仕方ないので私はお父様に記録の宝珠を預けて着替えに向かった。

まあ今日はもう夕方なので一件やって終わりの予定だけど、これ毎回着替えるの？

ちょっと面倒だけど演出にも拘りたいのかな。

白い衣装を渡された。儀式用といった雰囲気。裾も袖も長い。

でも私もお母様みたいな美女に儀式をやってもらうなら、このような白い衣装で格調高くして拘りたいかもしれない。

仕方ない。

着替えて畑の前に立つ、風魔法の使い手も支援の為、待機している。

五歳の時に会った加護の儀式で見た騎士の子も二人来ていた。

そういえば、二人ほど、風の精霊の加護を賜っていたね。

前回同様リナルドがベルのような形の花を振ると幻想的な妖精の奏でる伴奏が流れる。

深く息を吸い込んで、言祝《ことほ》ぎを紡ぐ。

奏でられる妖精の伴奏に乗せて、祝福の歌は今回も奇跡を呼んで、瘴気を消して、瑞々《みずみず》しい植物が育つ。

夕陽に照らされる草海原も出現する。

歌が終わると観衆が感動で泣いている。

大地に膝を突いて私相手に聖者を崇めるようにするのは止めて欲しい。

私は歌の仕事も終わり、せっかく竜騎士様がいるので、話かけた。

「あの、ジェイク様、折り入ってお願いが……」

私はもじもじして言った。

ギルバート殿下が側で怪訝《けげん》な顔をして見てるけど、気にしない。

「何か？　私で出来る事なら何なりと」

「大変、言いにくい事なんですが、たまにお手紙とか、書いてもいいでしょうか？」

「私にですか？　もちろんどうぞ」

ジェイクさんはニッコリと笑って下さった、気さくな雰囲気の方で良かった。

「は⁉」

殿下が声を上げたが、気にしない、気にしてはいけない。

あ、お父様まで何事かと寄って来てしまった。……言いにくい。

「実は、たまにお願いするかもしれなくて」

「竜に乗りたいのですか？」

「もちろん竜にも乗りたいのですが、あの、耳を貸していただけますか？」

内緒話の為に背の高い騎士様は屈んで耳を傾けてくれた。

私は小声で耳元で話しかける、顔も赤くなっていて、まるで恋の告白にでも見えたかもしれない。

お父様も怪訝な顔でこっちを見てる。

「は？　おしっこ？」

ああ～っ！　声に出してはっきり言われた！　恥ずかしい！

もう内緒話の意味が無い……。

「こ、これからライリーの畑の作物が充実したら、獣害が増えると思うのです。ワイバーンは竜種ですので、そんじょそこらの猪とかより強いでしょう？」

「それはもちろん、そうですね」

「動物はその、おし……っ、お、黄金水とかで、あ、ワイバーンのソレの色は私、存じ上げないのですが、動物とかは縄張りをあれで主張するじゃないですか」

「はあー、なるほど」

「狼のお小水とかを布にかけて臭いで畑の獣避けをする方法があるのですが、竜の方が強いと……

思って……」

「斬新な発想ですね、竜のお小水を獣避けに使いたいだなんて、初めて言われました」

それはそうかもね。

「お願いできますか？」

おしっこワードには、流石に私でも赤面せざるを得ない。

だが、領民の作物を守りたい。仕方ない。

「はい、ですが、畑に寄った時にさせればよいのですか？」

「そうですね、出来れば畑の四方を囲むように、部分的にで良いので結界のように。アレを壺に入れて集めて貰おうかとも思ったんですが、誰がそれ管理するのか、どこで保存するのかという、問題がありまして……。あ、今回は獣害の前に収穫が出来るはずですから、実際にお願いするのは次回以降になると思います」

ああ、そう言う事か。と、殿下とお父様が会話を聞いて納得してるようだ。

「うちの城には転移陣も有り、出張費用も支払うゆえ、手紙が、連絡が届いたら竜と一緒に来ていただけるだろうか、実りの時期あたりに」

急にお父様が足早に近寄って来て会話に入ってきた。

「はい、お任せ下さい」

「頼んだ、大きい畑持ちの農民にも話を通しておく」

お父様と竜騎士様が契約を結んだのでほっとした。

「突然何を言い出すのかと思ったぞ」

殿下の顔もやや赤い。

「仕方がないのです、せっかく実った作物が動物などに収穫目前で先に食べられたらガッカリするでしょう」

「それはそうだな」

「じゃあ、私は着替えて来ますね」

そう言って、ぞろぞろと長くて白い衣装の裾を掴んで天幕へ移動した。

＊＊＊

一方王都、王城内。

広々とした豪奢な謁見の間。壁面には見事なレリーフが刻まれている。

「ライリーの令嬢は聖女でもないのに、そんな奇跡を起こしているというのか、結局何者なのだ」

貫禄のある王者然とした男が玉座に座って前方で膝を折っている聖職者に言葉をかける。

玉座の傍らには宰相と護衛騎士が控えている。

「聖下に遠見で霊視していただきましたが、聖女では無いけれど……精霊どころか、その上の、大地の女神と月の女神の祝福を得ている存在との事です」

「なん……だと、神の祝福を」

王は目を見開いた。

「それでどうして聖女では無いのだ？」

「性質が違うというか、例えば神も聖女も信じない愚かな者が聖女に小石などをぶつけてきたら、聖女は魔物でもない人間相手には反撃しません、慈悲と憐憫《れんびん》で、哀れな者を許してしまうでしょう。ですが、かの令嬢であれば、怒らせなければ基本的に優しい方ですが、自分の大事に思う者に石を投げられたり、傷を付けられたら、報復をする可能性があるとの事です」

「なるほど、そこは誇り高く貴族的だな」

「月の女神は愛と美を司《つかさど》る神ですが、弓、狩猟の得意な女神とも言われ、勇ましく、その神の祝福を受けている分、そういう気質もあると思われます」

「ふむ、流石にドラゴンスレイヤーの娘よの」

「ライリーの令嬢は大事にしていれば国にとって恩恵はあるとの事です」

「祭り上げればいいのか？」

「そういうのを好む性格の方でもないようです、しかし、他国に嫁がれたりすると我が国の損失になりうるらしく、是非国内で婚姻をさせるべきかと」

「余がライリーの領主なら領地から出さず婿を取るな。瘴気を払える逸材だ、是が非でも手元に置いておきたい。うちの第三王子のギルバートはかのセレスティアナ嬢に夢中のようだが、はたして、令嬢の心を射止める事が出来るのか……」

　王は自らの立派な白い髭を撫でて考えを巡らせた。

「陛下、王命で王子殿下と婚約をさせてみては如何でしょうか？」

宰相がここで初めて口を挟んだ。

「王命でゴリ押ししてはライリーの領主のジークムンドの怒りを買うかもしれぬ。あちらも娘と同じように逸材なのだ、あの魔の森や隣国から国を守ってくれる勇士だ、しかも娘を溺愛していると聞く」

「確かにライリーの領主には既に重荷を背負わせている分、国に愛娘まで差し出せとは言いにくい事ではございますね」

宰相も渋い顔をして語った。

この国の王は慎重だった。

普段温厚な人物程、怒らせてはならないというのは多くの者が知る話である。

しかも国の要所を任せている相手だ。

「令嬢は得難い存在ですから教会にお迎えしたいところですが、無理ですか……」

神官は意気消沈として言った。

「事は慎重に当たらねばならぬ。差し当たって他の貴族の令息に持っていかれないよう、パーティーなどのエスコート役は息子ギルバートにさせて貰うよう招待状等は早めに送るか。王子妃として嫁にくれと直接言われるよりは聞いて貰えるだろう」

ライリーの領主たる父親のジークムンドも逸材だった為、差し当たって彼の地の平穏は守られた。

これよりギルバートのセレスティアナ攻略が目下の課題となるのである。

（ギルバート殿下視点）


尊いものを見た。

奇跡でしかなかった、荒れた大地が草海原で青々として、風を受けてそよいでいる。

セレスティアナの歌で、瘴気が浄化された。

風魔法で遠くまで声が届くよう、支援はしたが、俺のやった事等、どれ程の事もない。

彼女の偉業に比べたら。

ただ、あの奇跡の瞬間に立ち会えたのは僥倖と言える。

二回目の奇跡の夜にライリーの城で寛《くつろ》いでいたら父上から一旦戻れと連絡があった。

仕方ないので朝を待って、俺はある物を持ってセレスティアナに会いに行く。

早朝は大抵畑か庭園にいるとここのメイドから聞いていた。

彼女は町娘か村娘のようなエプロン付きワンピースという服装。

エプロンが白くて、ワンピースの色は焦げ茶色だ。

鶏を引き連れて庭のハーブを摘んでいる。

愛らしい。悪い貴族なら連れ去る可愛いらしさだ。

何しろ平民みたいな服を着ている。

ここが彼女の城の城壁内で良かった。

「おはようセレスティアナ、記録の宝珠の複製を頼めるか？　こちらの宝珠をくっつければ可能なのだが」

「おはようございます、って、ええ!? コピー!? いえ、複製出来るんですか!? ど、どうぞ」

慌てながらもそう言って、いつの間にか首から下げていたのか、エプロンに隠れていた紐付きの宝珠を取り出した。

「ああ」

そう言って俺はこつんと、軽く宝珠同士をくっ付けた。

「あ、申し訳ありません、殿下の姿ももちろん記録しておりますが、お父様の映像が多いかと、私が、その」

セレスティアナは照れながらも言い訳を始めた。

「問題ない、ドラゴンスレイヤーは城の者達にも人気だ」

「父上から一旦戻れと言われたから、少し王城に戻って来る。次回の歌を拡散する時までには戻りたいとは思ってる」

「え、そんな、十分に力を貸して頂きました。こちらの事はお気になさらず! 王城でゆっくりして下さい」

……早く帰って欲しいのか?

「俺としてはライリーに早く戻りたいが、迷惑か?」

俺は美しい新緑の瞳をじっと見つめた。

「いいえ、そんな事は、でも殿下にもやる事がお有りでしょう? 勉強とか」

「……母君に其方のダンスの練習に付き合って欲しいと言われてる、俺の方もダンスの練習はどの道しなければならない」

「ええ⁉　お母様ったら、いつの間にそんな事を」

「身長が合う方が都合が良いだろう、そんな訳で約束もあるからまた来る」

「は、はい」

やや呆然とした顔をしているが、了承してくれた。

……今はまだこんなものだろう。

＊　＊　＊

帰還の時間に転移陣の前にセレスティアナが駆けつけてくれた。

「お土産です！」

「中身はなんだ？」箱を受け取りつつ俺は問うた。

「ただのチーズケーキです、お茶の時間にでもどうぞ！」

「ありがとう、食べるのが楽しみだ」

彼女がくれる食べ物は全部美味いからな。

側近が俺の代わりにケーキを受け取った。

俺は冷気を纏うイチイの杖を右手に持ったまま、転移陣で軽く左手を振った。

既に立派な贈り物は貰っていたのだが……親切だな。

転移陣が眩く輝き始めた。

王城のサロンにて

「陛下、戻りました」

「ギルバートか、戻った所で悪いが、直近にある祝い事、パーティーのエスコートについて話がある」

王城のサロンには父上や一番上の兄上、つまり第一王子と姉上、そして宰相も同席していた。

二番目の兄上は他国へ留学中、正妃たる母上は夏は暑くて怠いと言って自分の部屋で休んでいる。

「シエンナ姫の誕生パーティーがございます」

姉上の誕生日か。

宰相が父王に進言する。

姉上がニコリと笑ってから優雅に紅茶を飲む。

「パーティーは嫌いです」

俺は行きたくない。

「そう言うな、ライリーの令嬢のエスコートを出来る好機だぞ」

「姉上の誕生日パーティーとなれば、姉上が主役のはずでしょう。何故まだ社交界デビューもしてない幼いライリーの令嬢が出るのです」

「こちらから招待状を送るからだ」

父王、強引だな。

「物見高い人が多いですね、ですが、姉上の誕生会でライリーの令嬢の方が、居並ぶ貴族の令息達の視線を集めてしまったら、どうなります？　姉上は傷ついてしまうのでは？」

「そんなに⁉」

姉上は驚いた顔をしている。

王宮の薔薇《ばら》とも称されて整った容姿をしているし、自信もあったのだろう、無理も無いが。

姉上は華やかで鮮やかな赤い髪が赤い薔薇のようだとよく言われている自分の髪をじっと見て思案顔になった。

「うちの姫も、十分美しいと思うが」

父上の見通しが甘い。

「相手は可愛くてもまだ八歳の子供でしょう？　私は一五歳よ」

姉上は年齢が上なだけで呑気だな。それは確かにスタイルは現状は上かもしれないが。

兄上がここで初めて口を開いた。

「父上達が贈った記録の宝珠にも、かの令嬢の姿が入っているのだろう？　見れば分かるのでは？」

もっともだ、事実が映っている。兄上が珍しく女に興味を持ってるような所が気がかりだが、既に公爵令嬢という婚約者がいる。

……大丈夫だと思いたい。

よし、では見てみようではないかと、父王が言うので急いで記録の投影準備が行われ、大きく白い布が目の前の壁に設置されて、映し出された。

最初に映ったのはライリーに産まれた待望の愛らしい男子のウィルバート。

そして母親である美しすぎる領主夫人のシルヴィア。

更に領主である、ジークムンド、精悍《せいかん》な顔立ちのこれまた大層な男前だ。

ライリーの城の中から場所が変わる。

魔の森へ出発前の居並ぶ騎士や俺や、辺境伯。

そして魔の森の中。

森魚を見た時に父親と共に記録した時の彼女の姿が映っている。

清らかな光を集めて編んだ糸のような美しいプラチナブロンドの髪。

吸い込まれそうな神秘的な光を宿す、新緑の瞳。長い睫毛《まつげ》。透き通るような白い肌。

愛らしいさくらんぼのような色の唇に、守ってあげたくなるような細く華奢な手足。

生ける宝石のように美しい少女、セレスティアナの姿。

「「天使………？」」声を揃えて皆同じような感想を述べる。

俺もプラチナブロンドの彼女を見て、やはりそう思ったものだ。

「うーん、これは確かに、私が野盗や山賊の類《たぐい》なら攫《さら》うわ、可愛すぎる」

「ひ、姫様……」

いくらなんでもと宰相が姉上の物言いに苦言を呈する。

「まあ私は賊じゃ無いから攫わないけど、確かに誕生パーティーなどでは主役を…彼女は食いかねないわね」

「いやはや、ここまでとは……」

兄上も父王も驚いている。

「ギルバートが私の誕生パーティーで私が無駄に傷つかないよう心配してくれるのにも驚いたけれど、……先に正直に言ってくれてありがとう」

姉上に礼を言われた。

「礼を言われる事でもありません、私自身パーティーが嫌いなので」

なるべく彼女を大勢の貴族の前に晒したくもない。

「でもいずれは出ないといけないわよ」

「出てもどうせ踊り子風情の息子がと、陰口を言われるだけです」

俺は正直に言った。

「其方の母親が側室となるのを拒んで自由を選んだのだ」

「知っています、父上を責めている訳ではありません、最後まで自由であり続けようとして、運悪く旅芸人一座の営業先、他国で起こった内乱に巻き込まれて死んだのが我が実母です」

ただのどうしようもない事実だ。

「陰口を言う者は処罰するから正直に言え」

父王はそう言うが……。

「何の後ろ盾もない私の為にやたらと貴族の敵を作るのは得策ではありません」

俺は現状どうにも立場が弱い、肩書きだけの王子だ。

「………だが、其方は水と風、二つも加護を賜った優秀な我が息子だ」

精霊の加護が二つあってもな、というのが俺の認識だ。

「まあ、とにかくセレスティアナ嬢が得難い存在なのは分かる。瘴気を祓えるのだし、なるべく仲良くした方が良い」

兄上が重い空気を変える為に話の矛先を修正した。

「ああ、そうだ、歌の奇跡の記録もあるんだろう」

父上もその話に乗った。

程なくして、セレスティアナが歌を歌い、奇跡が起こる。それを目の当たりにする一同。

――絶句。

しばし無言の時が響く。

天使のようなセレスティアナの歌声は城内にそこそこ響いた。

「……いや、やはり仲良くしてなんとか縁を深めたいものだ」

――父王がそう言うのも、無理からぬ事だと思った。

やはり肉か…。

殿下がわりと早くにライリーに戻って来られた。

時刻は朝の一〇時くらい。

側近がチーズケーキの毒見ならぬ味見役を奪い合ったとか。

シエンナ姫様がクーラーの杖を自分も欲しいからと国王におねだりして宝物庫から材料のイチイの木や宝珠や魔石とか揃えて、「これで来年の夏までに可能なら作って欲しいと頼まれた」とか。

うんざりした顔で私にお願いしてきた。

無理なら断ってくれていいと言われたけど、材料まで揃えて下さったので、断る理由も無かった。

国王陛下と王妃様の分も元々領地浄化ツアー後の魔力に余裕が出来た時に作ろうとは思っていた。

なんなら第一王子も現物見て羨ましそうにしてたらしいので作ろうとは思う。

第二王子のみ外国に留学中だから保留。

とりあえずお昼前に食堂に移動したら殿下と側近までついてきたせいで、食堂がメンツが豪華過ぎるイケメンカフェみたいに見えてきた。

どうする？　至る所に花とか飾るべき？

ここってメイドさんまで来るんだよ。

どうする？　チェキ撮って貰う？　記録の宝珠で。

正直課金してもいいレベルのイケメンが並んでいるのだ。

でも貴族の令嬢が騎士の服の隙間に金をねじ込む訳にはいかない。

何の賄賂なのかと思われてしまう。

てか、待って、冷静になって、まだ領地の一部がやや復活してるだけで、お金は大事よ。

目の前のイケメン達が課金勢だった自分を思い出させる。危険。

いや、本来の目的を思い出そう。

厨房で作る昼食メニューを考える為に目の前にある食堂に来ていたはず。

イケメンがいるからカフェっぽいメニューを出してみる？

ふわふわパンケーキ？

でもそれっておやつかな。若い男の人には物足りないかな。

この後浄化ツアーだし、あまりゆっくり考えられない。

もういっそ殿下にメニュークジでも引いて貰いますか？

……殿下に見守られてて緊張する。

何か話でもしてみるか。

「あの、殿下……」

「なんだ？」

「ふと思い出したのですが、殿下が城下街で散歩してた犬ってどなたの？」

「姉上だ」

そうだったんだ、姉、強い。

「殿下に頼み事できるってどんな方かと思えば、お姫様だったんですね」

「男に貰った犬の散歩を俺にさせるってどうかと思うがな」

「贈り物に生き物を貰ったんですか、小鳥とかは聞いた事がありますけど」

犬か〜、いや、あるな、国のお偉いさんが犬貰った話は前世でも聞く。

「其方は小鳥が欲しいのか？」

「小鳥は庭園で歌ってると、たまに来るのでお気になさらず」

むしろふわふわ猫が欲しぃ。

「歌うと鳥が……。其方やはり天使の類いだったか？」

「そんなはずないでしょう。植物が育つと虫がどっからともなくやって来るので……餌場になるのです」

多分。

「夢も希望も無い言い方をするな」

「庭師がせっせと害虫を駆除してますよ、いい加減、唐辛子やニンニクとかで自然農薬作らないと……」

焼酎が無くて保留にしたんだわ。

ぶつぶつと言ってると殿下が、食事のメニューを聞いてきた。

は！　やばい、そっちが本題だった。

とにかく殿下に食べさせる物、健康にも良い食材を使わないと。

もう玉ねぎで良いや。玉ねぎ様は偉い。優秀な野菜だもの。

「お、オニオングラタンスープを作ります。厨房に移動します、殿下は入らないで下さい、料理人が怯えますから」

「む、そうか、残念だ」

プレッシャーで包丁とか持てないから。

私の事はいい加減慣れて貰ってるけど、殿下ともなれば話は違う。

鍋にバターを入れて熱し、玉ねぎを入れて弱火であめ色になるまでじっくり炒め、甘みを引き出す。

鶏がらスープを入れて強火にし、沸騰させた後に弱火で五分ほど煮る。

塩こしょうを入れて味を整え、更にバゲットとたっぷりチーズを入れてオーブンで焼く。

「この隙に鶏肉に小麦粉をふって卵液を絡めてあるやつ、それ、鶏肉を揚げて」

下拵《したごしら》えしていた鶏肉を料理人達に揚げて貰う。

「はい、お嬢様」

「香ばしい香りが広がり、食欲をそそりますね」厨房の料理長が言う。

「違いない」

料理人達が口々に言う。

「チキン揚がりました！」

料理人達の報告が上がる。

「よし、じゃあオニオングラタンスープ、少し味見していいわよ、お好みでパセリを振ってね」

待ってましたとばかりに飛びつく料理人達、微笑ましい。

「めちゃくちゃ美味しいです！」

「ほっこりするお味ですね」

うん、評価も上々。

「後はさっき揚げて貰ったチキンでチキン南蛮とサラダと、追加のバゲット」

基本的にお肉食べさせておけばいいでしょ、男の子だもの。

「チキン南蛮には甘酢ソースとタルタルソースを付けてお出しして」

と、料理人に指示を出す。

甘酢ソースに使う醤油の代替品は味噌の上澄《うわず》み液。

さて、お待たせしてしまった、実食タイム。

殿下には使用人も使う食堂ではなくて、貴族用テーブルのあるもっと良いお部屋に移動して貰わないと。

オニオングラタンスープは熱々のうちに目の前のイケメン（父）もしくは美女（母）を眺めつつ食べよう。

本当は秋に食べたいメニューだけど、暑さがあれど我々にはクーラー杖があるんだ、恐れる事は無い。

「別の食堂に移動します。そこに料理が運ばれて来ますので」

殿下は頷いて素直に私についてきた。

「香ばしい香りだ。どれも美味しいな」

殿下の言葉にお父様も頷いている。

「特にこの鶏肉の揚げ物、ソースも美味しい」

と、殿下が付け加えた。男には肉だよね〜〜やっぱり。

チキン南蛮ね〜〜。

「このオニオングラタンスープというの？　とても美味しいわ」

お母様が褒めてくださった。

今回私が張り切って作ったのはこのオニオングラタンスープだった。

どっちかって言うと、女性に受ける味だと、知ってた。

たまに発作的に食べたくなる料理の一つ。

クーラーの杖で部屋を冷やしているのでほっかほかの熱いものでも問題ない。

しかし名称を何とかすべきだと自分でも思う。涼風の杖とかでいい？

でも冬は炎の魔石に入れ替えて温風も出したいのよね、エアコン杖じゃん。

面倒だ、エアリアルステッキにしようか。

ちなみにエアリアルで思い出したけど、妖精のリナルドは私の自室で寝てたはずがいつの間にかテーブルに盛ってあるフルーツ籠の葡萄《ぶどう》を食べに来ている。

「明日の早朝にまた浄化の為に領地の畑へ行きますので」お父様の言葉に「了解した」と、殿下が美味しい料理にゴキゲンになって応えた。

張り切って作ったオニオングラタンスープがチキン南蛮に負けたようなので、夜はお庭バーベキューにしようと思った。

やっぱり肉でしょ。お肉がいいんでしょ？

串に刺したお肉をスパイスかけて焼くだけ！

でもスパイスの力でだいぶ味は上がるから、それに夏と言えばバーベキューだもんね。

とうもろこしも焼いて食べよう。

問題は串焼きは齧《かじ》り付く料理なので、お母様の目……えーと、串から外す？

それなら許されるかな。

焼き鳥屋さんなら、せっかく刺したのにって内心ガッカリしてしまうでしょうけど。

いや、ステーキスタイルで焼くという選択肢もあるか。

ステーキならお城でも最強級のお肉で食べてるだろうけど……問題は……誰と食べるかではない？

お好みの美女、イケメンを眺めながらお食事して下さい！

夕食はバーベキューにしようと考えたところで、しばらく城で見なかったエルフのアシェルさんが現れた。

「しばらく魔の森で狩りをしてたんだけど、嵐の気配を察知して戻って来た」

エルフがマントを畳みながらそう言った。

嵐って、台風？

「それって、今夜？」

窓の外を見ると急に暗い雨雲が広がってる。

「ああ、今夜だよ」

私の言葉にそうキッパリと答えた
エルフの天気予報は当たるので、今夜のお庭バーベキューの予定はお流れである。

違うメニューにしようか、もうハンバーグでいいか。

煮込みハンバーグにしよう。

「嵐って言っても前回復活させた地域の収穫は終わってるよね、じゃあ城の中で大人しくしてればいいかな」

浄化ツアー出発は翌日の朝だから、大丈夫かな？

「そうだね、城の中で大人しくしてればいい」

アシェルさんがそう言ったので、夜は少しだけ何か手仕事でもやろうかなと、私は考えを巡らせた。

嵐の中の灯火

私はオタクで絵を描くのも好きだったこともあって絵の具を作った。

できたのは乾くと耐水性になるアクリル絵の具のようなものだった。

魔法はイメージが大事だというので、乾いた後なら水かけても流れない強い絵の具をイメージして、顔彩などを変質させて作った。

板に絵を描いて乾かしてから水をかけてみたら無事だったから成功とみなした。

台風の夜は自室で一人で凄い風音を聞いて寝るのもなあって思ってサロンに移動した。

外は風の音でゴウゴウいってるし、叩き付けるような雨も降っている。

粗末な家に住んでいる人は家が壊れないか心配しているのではないだろうか。

ライリーの城は堅牢な石造りだから大丈夫だろうけど。

メイドのアリーシャに未使用の蝋燭《ろうそく》を数本持って来て貰った。

今からこれに火を灯すのではない。

これに絵を描く。

蝋燭に花模様などを描いていたら、まだ早い時間で寝れなかったのか殿下が側近を一人だけ付けてサロンに来た。

側近はぺこりと軽く挨拶をした。

「こんばんは、お二人共」

「ああ、こんばんは」

少し照れたように殿下が挨拶を返した。

ふと、私が机の上に広げて作業している物に目を止めた。

私の手元の物をよく見ようと近づいて来る。

「何故火を付けたら溶けてしまう蝋燭に絵を描くのだ。綺麗なのにもったいないではないか」

「これは御守りなのでいいのです」

「溶けてしまう物が御守り？」

殿下は納得がいかないという顔をしてる。

「溶けてしまう時に最大の効力が発揮する様に祈りを込めて描いているんです」

「其方はハンカチで御守り効果のある刺繍が出来るのに、何故無駄な事を」

「無駄ではないです、これも文化だと思って下さい」

「……文化と言っても、蝋燭では使えば燃え尽きるだろうに」

「それでも大切な人の為に惜しげもなく使う所にロマンを感じませんか？」

「んー？」

殿下は何か想像をしつつ、作業テーブルから離れてソファに腰掛けた。

「せっかく綺麗なのに」と、まだ惜しいと思っているのかぶつぶつ言ってる。

アリーシャが無言で冷えたいちご水を殿下の前にあるテーブルに二つ置いた。側近の分もある。

木苺のジュースは深い紅色をして、甘い香りがする。

私の分は絵を描いているので邪魔にならないよう、少し離れた小さいテーブルの上に置かれている。グラスは汗をかいている。

「それ、どなたかへの贈り物ですか？」

殿下の傍らに立つ側近がいちご水のグラスを一口飲んでから、殿下の目の前に戻しつつ聞いてきた。

「来年あたりは、畑の収穫がまともになって、収穫祭とか出来るかもしれないので、お祭りで売れないかなって」

「そんな贅沢な蝋燭を祭りで売るとして、いくらぐらいで売るのだ？」

殿下が毒見済みのいちご水を飲み、少し寛いだ感じで問うて来た。

「銅貨三枚くらいでしょうか？」

「絵と祈り込みの物が銅貨三枚⁉　せめて銀貨では無いのか⁉」

「お祭りですし、平民にも買える値段にしませんと」

「はー、お祭りですか、なるほど」

側近さんは納得したようだ。

「こういう急な嵐の夜や、大事な人が漁とか狩りに行った時に、家で待つ時に不安を少しでも減らせるよう、こういう御守りがあってもいいかと」

そう言いながら絵付けをする私。

「漁や狩りに行く者が自分で持って行っても良いですね、船が転覆しないようにとか怪我が無いようにとか」

側近さんが新しいいちご水のグラスを手にしてそう語った。

「そうね、もちろん待つ人ではなくて、本人が持って行っても良いわ」

「それは、俺も買えるのか？　今は城内ゆえ部屋に戻らないと金はないが」

殿下が欲しがった。

外はゴウゴウと風が唸り、嵐だというのに城内は思いの外、穏やかな夜だ。

「殿下には立派な護衛騎士様も付いておられますのに」

「それはそれ、これはこれだ」

「差し上げますよ」

珍しい物が好きなのだろうか？　私はくすりと笑った。

「いや、買おう、そんなに綺麗なんだ……」

殿下は目を細めて蝋燭を見てる。

「誰かの為に使う予定が？」

私は微笑みつつ、聞いてみた。

「それは……分からないが、もしかしたら使うかもしれん」

「蝋燭の灯りと祈りって相性が良さそうではないですか？」

「そう言われると……」

殿下は頭上を見上げた。

私は「灯篭流し《とうろう》」を思い浮かべたけれど、殿下が何を思い描いているのかは分からない。

「お嬢様、朝には嵐もおさまるかもしれませんし、そろそろお休みになっては？」

沈黙して見守っていたアリーシャが声をかけてきた。

私は五本の蝋燭に絵を描き終わったところだった。

最初に色を入れた蝋燭はもう乾いていたので、私はそれを殿下に手渡しながら言った。

「そうね、そろそろ寝ましょう。殿下も、おやすみなさい」

「ああ、おやすみ、セレスティアナ。晩餐の煮込みハンバーグも美味しかったぞ」

殿下は蝋燭を一本受け取って、おやすみの挨拶と、夕食のハンバーグの評価と、ついでに明日の朝に蝋燭の代金は払うと律儀に言った。

差し上げると言ったのに……。

この人もやはり大概課金勢だな、などと思った。

＊　＊　＊

夜が明ける前には嵐は去った。

私は浄化の為に領地の畑へ行くので早朝に城外へ出た。

本日は女騎士のような衣装をわざわざ用意してそれを着ている。パンツルック。

土の香りがする。雨上がりの後なので濃厚。

石畳の上から踏み出す先の土部分を見ると足元がぬかるんで靴が汚れそうだなと思ったら、お父様が片腕で軽々と私を縦抱っこの形で抱えて、竜騎士様の所へ運んでくれた。

さあ、朝焼けの中、飛び立とうか。

私は上を見上げて竜騎士様の手を取った。

エレガントに

今回も浄化の儀式をつつがなく終えた。

嵐の影響か、足元が泥まみれになりながらも畑に奇跡を見に来た平民達が多くいた。

私は巡礼者のようについて来る領民の為に、妖精リナルド推薦の空き地に足を止めて、土魔法で穴を開け、更に硬化して風呂場を作った。

露天風呂である。

無論男湯と女湯は分けて壁も作った。

排水先の浄化槽には後に浄化スライムを投入して貰う。

なんて便利な魔法生物か。

ちなみにお風呂はちゃんと領主のお父様の許可を得て作った。

ただ温泉が湧いている訳ではないので、石を焼く方法でお湯を作るように言った。

焼き石風呂。

焼いて熱々になった石を水の中にドボンしてお湯にする方法である。

これなら魔力の無い平民でも使えるという配慮。

今は夏なので水風呂でも構わないだろうけど、寒くなるとお湯でないとね。

でも水の補充だけは水の魔石頼りでしてもらう。

水の魔石を埋め込まれた水瓶を持った乙女の石像を作った。

その石像の瓶から水をザーッと浴槽に出す。排水が浄化槽に行き、浄化槽からまた水瓶に循環する。

そういう構造にした。

大地の女神様が私の創造魔法に力を貸してくれてるらしい。

リナルドがそう言うからそうなんだろう。

ありがたい話である。

まるで聖者にする様に「足を洗わせて下さい」などと農民に言われたけれど、足元が汚れているのは私ではなくて、徒歩で来た君達なので。丁重にお断りして自分を洗いなさいと言っておいた。

病気にならないように清潔を心がけて欲しい。

今度ここの風呂場に石鹸を寄付しよう。

城に戻り、お母様や弟の顔を見てから一息つく。

はー、弟可愛い、私が人差し指を近づけると小さな手でぎゅっと握ってくれる。

癒される。

弟を愛でながらお母様に今日の報告をしていると明日は殿下とダンスの練習をしなさいと言われた。

すっかり忘れていた。そういうものがありましたね。

＊＊＊

厨房で赤紫蘇《あかじそ》のジュースを作る。
鮮やかな赤色が綺麗なので好きなのだ。
葉の部分を摘み取り、三回ほど水を替えて綺麗に洗う。
ザルにあげて水気をきり、茎があれば取り除く。
鍋に水を入れて沸かし葉を入れて中火で二〇分煮る。
ザルでこす。
鍋に戻して温め、砂糖、レモン汁を加えて砂糖が溶けるまで弱火で煮る。
レモン汁を入れた時にすごく鮮やかな赤色の液体になるのが綺麗。
粗熱がとれたら氷室で数時間冷やしておく。
後日、暑い時に飲もうと思う。

＊＊＊

翌日の朝の八時半くらい。
まずお手本にお父様とお母様の華麗なダンスを見せて貰う。

記録の宝珠を握りしめてしかと見る！

クーラー杖のおかげで部屋は涼しくしてある。

お父様が軍服っぽい正装しててめちゃくちゃかっこいい！

ナチュラルターンやスピンターンなどの動きでお母様のグリーンのドレスが華麗に翻る。

動きにキレがあるのに優雅にして華麗！

団扇《うちわ》かペンライトがあれば振って応援したい。

特にお父様が力強くお母様の腰を抱き支えて、お母様が上体をぐっと反らしてジャン！　ってなるところ好き。

語彙力と表現力が無いけどとにかく素敵。

両親のダンスを見てるだけで幸せなのに私も練習せねばならない。

私は水色のドレスを着ていて、群青色に銀糸の刺繍入りの上着を着て正装をした殿下の手をとる。

めちゃくちゃ近いじゃない、照れるわ、どうにか気を紛らわす為に違う事を考えたい。

前世で見たダンス漫画やアニメを思い出そう。

彼等はとても真剣だった。

片手で腰を支えて貰い、もう片方の手はしっかりと上方で繋いで上半身を反らしたまま くるっとターンする時も、辛くとも微笑は崩さない！　的な指導がお母様から入る。

あくまでエレガントに
てか、クーラー杖でお部屋冷やしていても汗かくわ、普通に。

夏とダンスなめるな。
練習着で良かったのでは？
いや、別にレオタードとか持ってなかったわ。
しばらく練習して解放された。なんとか殿下の足は踏まずに済んだ。
ぜーはー。
殿下は鍛えているおかげか私より息は乱していない。さすが。
側近が渡すタオルで汗を拭っている。
お、お風呂……。
水に飛び込みたい。
私もアリーシャが渡してくれたタオルで汗を拭う。
いつか土魔法を駆使してプールを作ってやるからね。
なので水着の素材が欲しい。助けて天才錬金術師。
水着に必要なのは土でなく布なので人の力を借りたい。
二時間くらい練習して解散。

＊＊＊

お風呂に入る。
ライリーのお城は大きいのでお風呂は複数ある。

客用貴賓室の備え付けと、貴族男性用、貴族女性用、騎士用の大きいお風呂、使用人用。

領主夫妻の部屋の隣に可愛い猫足のバスタブもある。

本日、お父様は領主夫妻用の風呂、私とお母様が貴族女性用の風呂、殿下が洗髪台の有る貴族男性用の風呂に入って汗を流す。

お母様の大迫力のたわわ美ボディが眼前にある。

本当にありがとうございます。

森の泉でエルフの水浴びを偶然見てしまったくらいの感動がある。

だってお母様は妖精の女王のように美しいから……。

すべすべで柔らかそうな肢体、眼福です。二児の母には見えない。

私もああいうたわわスタイルになりたいな〜。

お背中流させていただきます！　と、言いたいところだったけど、メイドが洗うみたい。それはそうですね……。

いつもは人と一緒にお風呂とか恥ずかしいけど今日は汗だくで待ってられないので一緒に入ってる。

お母様が洗髪台で先に髪を洗って貰う姿を湯船からぼーっと眺める。

青銀の髪が美しい。

殿下も洗髪台を使って髪を洗って貰ってるんだろうな。うちの執事に。

＊　＊　＊

お風呂から上がって自室で髪を乾かしてから、磨き上げられた殿下とティータイムにサロンで遭遇。

はい、ここは風呂上がり美少年カフェ開催地となりました。

ワーオ！

この褐色美少年は一七歳を過ぎたあたりからセクシーが炸裂して凄い事になると思うのだが……まだ幼さがある。若い。

それでも現時点でもめちゃくちゃ容姿パラメータ高いわ。

殿下の銀髪の輝きが増してますね。いい香りもする。

私の髪もシャンプーとリンスの力で輝いてるけど。


氷入りの赤紫蘇のジュースを飲む。先日作ったやつ。

赤くて綺麗、そして美味しい。お茶請けはふわふわパンケーキ。

美味しい苺ジャムと蜂蜜が添えてある。好きな方をかけろ方式。

殿下は少し悩んで苺ジャムを選んだ。

……可愛いじゃん。

「こんなふわふわなパンケーキは初めてだ。この透明度の高いグラスも見事だ、サイダーの時も驚いたが、鮮やかな赤が…綺麗だな。両方とても美味しい」

殿下はグラスを持ち上げて光を受けて煌めく赤い紫蘇ジュースを眺めながら言った。

夏が終わる前に紫蘇ジュースをお出し出来て良かったと思った。

「ところで……冬に貴族がやる魔物減らしの狩りがあるんだが、それは女性を伴って参加するのだ」

「え？　女性も魔物を狩るんですか？」

「そうではなく、男性が狩った獲物を女性に捧げる催しだ」

貴族男性は意中の相手に強さや有能さをアピールして、女性は沢山良い獲物を貰った者がドヤ顔するイベントらしい。

「つまり、私にも参加して欲しいという事ですか？」

「他の令嬢に獲物を捧げて誤解されたくはないし、さりとて陛下が出ろと言うし」

「なるほど、他の女性に気を持たせたくないから、私がカモフラージュになればよろしいのですね」

「……まあ、そのようなものだ」

殿下の笑みがぎこちない。

やや歯切れが悪い物言いだが、獲物が貰えるなら悪くはないと判断した。

「分かりました、無理ない程度に頑張って下さい。命大事に」

「あ、ああ、まだ八歳の其方に本来はあんな場所は早すぎるとは思うが、すまない、宜しく頼む」

開催地はセングーという王都の外にある山らしい。

「うちの騎士も連れて行っていいのですか？」

一応聞いてみた。

「それはもちろん」

焼き鳥したいからできれば鳥系が良いな、まあ、貰えるならなんでもいいけど。

これはまだ先の冬の事だし。

「ところで次の浄化場所が少し遠いので泊まりがけになるのですが、野山でキャンプか、王族が泊まれるレベルではない宿に無理やり泊まるのどちらがいいですか？」

ワイバーンに乗るほど遠いので、休憩の為に現地で泊まりになる事は伝えてはいたけど、最終確認をしておく。

「野山でキャンプ」

殿下はノータイムで答えた。

なら、お風呂は私が土魔法で作ればいいかな。

「分かりました。やはりキャンプの方がワクワクしますか？」

「そうだな、宿の食事は期待出来ないが其方の振る舞ってくれるキャンプの食事なら肉を焼いただけでも美味しいだろうからな」

調味料が違うのだよ！　スパイスを独自でミックスして作っているから。

前世で食べてた赤いキャップの肉にかけるだけで劇的に美味しくなるアレにはまだ届かないけど！

まあロケーション効果と、一緒にいるイケメンと美女の視覚効果もあるかな。

「ライリーの護衛騎士は先に現場に配置しておりますが、気をつけて下さいね」

「私の側近も竜騎士を増員して同乗してくる、心配はいらない」

野山お泊まりキャンプ、次こそ嵐で流れたバーベキュー……焼肉をしよう。

遠征の準備とアクセサリー作りと空からの景色

浄化遠征に出かける前の下拵《したごしら》え。

ここで夏に食べたくなるアイスを作っておく。

材料、牛乳、卵、砂糖、塩、氷。

鍋に牛乳と砂糖を入れて火にかけてヘラでかき混ぜ、弱火から中火で半分くらいになるまで焦がさないよう煮詰める。

ボウルなどに水を入れて粗熱を取る。

ボウルに卵を割り入れ、かき混ぜる。

煮詰めた牛乳を少しずつ加えよく混ぜる。茶漉《ちゃこ》しのような物で一〜二回アイス液を漉す。

容器にアイスの種を入れて、冷やし固める為に準備する。

桶に氷を入れ、塩を入れる。

……化学の実験みたい。塩を入れるとよく冷える。

0℃の氷が溶けて水になる時、周りにある物の温度を下げる働きがあり、さらに塩が水に溶ける時も、熱エネルギーを奪う。相乗効果凄い。

更に一時間程冷やし、なるべく滑らかになるようヘラで沢山かき混ぜたら、しっかり冷やして出来上がり。

早く食べたい、でも我慢。

やるべき事をやってから。お仕事の終わりに食べた方がきっと美味しい。

また浄化の儀式にギャラリーがわりといる可能性がある為、料理人を臨時で多めに雇って彼等に沢山のパンと腸詰めを作って貰う。

ホットドッグのようにパンに腸詰めを挟むので長めのパンを焼いて貰うのだ。

近くに食堂も食べ物を売る店も無い可能性があるので、領民の為にお父様がライリーの騎士とアシェルさんに魔物狩りという名の食料調達を頼んでいたのだ。

それでオークが群れでいたので一二体狩れた。

オーク肉を使った腸詰めってなんか凄いけど味は豚肉に近いらしい。

＊＊＊

料理人達が頑張ってホットドックを作ってる間に、私は自室にこもってアクセサリー作りをしていた。

杖作りは魔力を使うから浄化儀式の終わった後にやる。

細工師から注文していたパーツが届いたのだ。

イヤーフックだ。

殿下が魔の森の川で獲ってくれた虹色の魚と銀色の魚の鱗《うろこ》を使って耳飾りを作る。

イヤーフックならピアスと違い、耳に穴を開けずに耳の後ろ側からひっかけるだけで済むので。

虹色を上に、銀色を下に、藤の花のように連ねる。

両耳用で自分用とお母様用と他、贈答品用に二セット。

八個程耳飾りを作った。

耳にかける金具の先端。お母様のは小さいアクアマリンを付けた。

私のは量がわりと多かった青いクズ魔石を使用。

贈答品用は小さいルビー、もう一つは小さく透明なダイヤモンドを使用。

何しろ他所への贈答品用なので小さくても宝石を使う。

けれど主役は殿下のくれた魔魚の鱗なので宝石の主張が強くなり過ぎないように小さめ。

贈答品用はやや豪華にデザインを少し変えて、使う鱗の量も多い。

私とお母様の耳飾りは片方で上から虹色と銀色一枚ずつ。

贈答品用は上から虹、銀、虹、銀、銀というように五枚の鱗が連なっている。

虹色鱗四枚で立体的な蝶の姿のようにくっ付けた指輪とブレスレットも作った。

耳元にその蝶アクセを付けた手を持っていくと虹色の花弁に誘われた同じ色の羽根を持つ蝶のようになる。

写真に撮ると映えそうなんだけど、この世界、カメラが……スマホが無いからね、残念ね。

皆が記録の宝珠持ってる訳でもないし。

ちなみに夕食はオーク肉のトンカツをお出しした。

驚きの美味。

衣がサクっとして、お肉は思いの外柔らかく、ジューシー。

殿下も、え？　これがオーク肉⁉　って驚いてた。

ケチャップで美味しくいただいた。

＊　＊　＊

出発の日の朝は快晴でした。

朝食はご飯、焼き鮭、味噌汁の和食。お肉はキャンプで食べるので。

イヤーフックは落とすといけないので着替えと一緒にお父様に亜空間で収納して貰っている。

現地で着ける予定。

城の外の庭に出るとワイバーンの前で竜騎士とお話をしてる殿下がいた。

私に気が付くと、雨上がりの空のような美しい蒼い瞳で私を見て、「おはよう」と言って微笑んだ。

私も礼儀正しく挨拶をした。

さあ、今日も飛び立つぞ。

今回ちょっと距離が長いけど、ワイバーンさん、頑張ってね。

上空から見えるライリーの景色は、徐々に瑞々しい緑が増えて、広がってきている。

荒れた地が減って来ているのがとても嬉しい。

緑色の草海原は目に優しい……けれど、ちょっと感極まって涙が出た。

今日もモモンガ似の妖精のリナルドは騎士風の衣装の胸元からちょこんと顔を出している。

胸元に入っているのは、風圧で吹っ飛ばされないようにである。

可愛いのでは？

耳飾りと夏の花火

ワイバーンで現場に到着すると、毎度のように遊牧民のゲルのようなテントが用意されていた。

そして先んじて来ていた私を手伝ってくれるライリーのメイド一人と巫女さん、神官達、騎士達が並んで待機していた。

夏の日差しがキツイ中、申し訳ない、お疲れ様です。

またお着替えタイムなのでお父様に耳飾りを出して貰った。

「耳飾りを付けてもいいかしら？」

「素材、材質はなんですか？」

「魔魚の鱗と金属と魔石ですけど」

「魔物系はダメです、神聖な儀式ですので」

巫女さんは容赦無かった。

私が歌ってるプチリサイタルみたいなものだけど却下らしい。

諦めて、おやつの時間にでも付けよう。

歌を歌うと今回も奇跡で畑も蘇《よみがえ》るし、なんと近くにある白樺《しらかば》の林まで復活した。

観衆から歓声が上がる。びっくりした。大地の女神様の恩寵？

それにしても白樺素敵！　見た目が大好き！　幹が白いのが綺麗！　語彙力は死んだ！

お父様に蘇った白樺の林にここをキャンプ地にしたいとお願いして、設営をした。

私は一旦女騎士風衣装に着替えた。動きやすいので。

ここは近くに川もあって、ロケーション最高じゃない？

夏の緑は濃く、鮮やか。

綺麗な川で牛乳や野菜などを冷やす風景に憧れがあった私は、川でトマトやきゅうりや瓶入り牛乳などを籠に入れて冷やしてみた。

のどか！　癒しの田舎風景！　ＴＶやアニメで見た事ある！

ここは魔の森とかじゃないから、魔魚もいないし、安全なはず。

とりあえず野菜は冷やしておいて、ランチタイム。

カマドを作ってバーベキューよ。

肉の焼ける香ばしい香りが周囲に漂う。

浄化の儀式は終わったのに何故か領民がほとんど残ってて帰らない。

復活した白樺の林が美しいから散策してるのかな。

殿下の防犯用目隠し衝立のずっと向こうにいるとしても風下にいたら香りは届いてしまう。

ここで騎士達が平民達の方に近付いて
「今から領主様の計らいでパンを配る、欲しい者は並べ」

と、声を張りあげて言った。

ホットドッグの出番である。

わーっ！　と領民から喜びの声が聞こえてきた。

お弁当持ち込みで儀式見に来た人ほとんどいないからね。

たまに硬そうなパンとか干し肉噛んでる人がいるみたいだけど。

パンも美味しいし、挟まってる腸詰めも美味しいと領民から声が上がる。

これで我々もバーベキューに集中出来る。

「やはり美味しいな」

「スパイスが実に良い仕事をしているようだ」

殿下もお父様も美味しそうに食べている。

夏とはいえ目の前で火を着けてバーベキューはテンションが上がりますね。

クーラーの杖はもちろん側で稼働中です。

竜騎士のワイバーンは草食のようで草を食べている。

お肉と塩むすびを食べて腹八分くらいになった。

そこで私は着替えてきますねと、テントに移動した。

メイドが脱いだ服を畳んでくれる。インナーは予備が複数あるから脱いだのは片付ける。

白いワンピースとサンダルに着替え、髪型はハーフアップにした。

儀式の時は耳飾りを禁止されたから今になってようやく着けることができる。

耳元で虹色と銀色が煌めく。

白い服なら虹色と喧嘩しない。

着替えた私は殿下やお父様の元に戻った。

殿下が私の耳飾りに気がついたみたいで輝くような瞳でじっと見てる。

やや頬を赤らめて言う。

「あの時の魚の鱗、耳飾りにしたのだな……」

「はい、美しい物をありがとうございました」

「とても綺麗だ、似合ってる」

よし、ギルバート殿下はちゃんと女の子を褒められる男であった。

でも照れる……！　ありがたいけど照れる！

顔が火照《ほて》るので、お父様に言って念願のアレを亜空間収納から取り出して貰った。

ここで満を持してデザートのアイス登場！

私は敷物の上に移動して、食べ終わったお皿を下げて貰って、低いテーブルの上にうっすら黄色っぽく見えるアイス入りの器をトレイごと並べていった。

「何だこれは？」

殿下が初めて見るって顔をしている。

「アイスクリーム、甘いデザートです」

私はこう食べるというかの如く器に盛ったアイスをスプーンですくう。

ぱくり。口に入れた時の幸福感！

美味し――――！　冷た――――い！　甘ーい！　最高――っ!!

「では失礼して……」

いつもの赤茶髪の毒見の人が殿下の前にあるアイスの皿に手を伸ばした。

「なんで毎回エイデンが毒見役なんだ？　代わってくれていいぞ？」

殿下の他の側近が言う。

「いや、ブライアン、今回は初めて見る物だし、私が」

と、全く譲らない。

「仕方ないな」

残念そうに引き下がる側近のブライアンさん。

人前で見苦しく争う訳にはいくまい。

誇り高き騎士だもの。

「こ、これは……っ！　流石セレスティアナ様！　毎回意味が分からない程、美味しい物を出してきますね……！」

やや興奮気味に褒められた。

「エイデン？　意味が分からないとは？」

殿下は訝しんだ。

「甘くて冷たくて、美味しくて、なのに口の中であっという間にスッ……と、溶けてしまうのです」

「美味しいのは分かった、よこせ」

側近のエイデンさんからアイスを取り返して早速食べる殿下。

「………………っ!!」

「どうしました殿下？」

アイスを口にしてフリーズした殿下に父様が声をかけた。

「……美味すぎた、そして溶けた」

うん、アイスは溶けるのよ殿下。

そしてお父様もアイスを一口ぱくりと食べた。

「いかがですか？」

「やはり……うちの娘は天才だった」

と、言った。

天才なのは地球人のどなたかだけど、口に合って良かった。


殿下の側近達やうちの騎士達と竜騎士、メイドにも振る舞った。

配れるのはこの数で限界だった。

だいたい美味しすぎると言われた。

やはり夏はアイスだよね〜〜。

しばしアイスを満喫してから私は川の側に行き、岩場に緑色のハンカチを敷き、腰掛けて冷やしてる野菜を眺める。

殿下もついて来て、私の隣りに座ろうとしたら、側近が凄い速さで紺色のハンカチを敷いてきて、それに腰掛けた。

今ならばマイナスイオンが出てそう。

夏の陽射しを受けて煌めく川を眺めてそう思った。

不意に目の前に影が落ちたと思ったら殿下の側近が私に話かけてきた。

「ついてきた民がじっと野菜を見てますが、いいのですか？」

食われそうって事？

「まだお腹が空いてるならあげてもいいわ。私はこの風景がひととき見れただけでも、目的は果たせたようなものだもの」

「せっかく冷やしてるようだが、あげてもいいのか？」

殿下まで心配してくれたようで声をかけてきた。

「かまいませんよ」

私はアイスも食べたし満足。

「じゃあ領民が盗みを働く前に、食べたければ食すがいいと、言ってた方がいいのでは？」

「……確かに、でも全員分は無いのですよね」

量が足らない。

「よく見たら……頬がこけて痩せていかにも乳の出が悪そうな乳飲み子を抱えた母親までいるようだが、ああいう女性に優先的にあげたらどうだ？」

「ん〜……母乳出さないといけない人は体を冷やす野菜より温かい物の方が良いので悩ましいですね」

殿下がそんなの知らなかったって顔してるけど男の子だもの、それで普通では？

でも子供を抱える母親を気遣う優しさはいいと思います！

「さっき腸詰めを挟んだパンを配ったのでいいのでは？」

名前を知らない殿下の側近騎士その一が言った。

「リアン殿、あれは足りなくて野菜をじっと見てるのでは」

さっきの発言の人リアンさんて言うのか。

「もしかしてあまり見ない風景を楽しんでるだけでは？　瘴気の影響下にあった状態の川で食べ物を冷やす事はあまり無かったのかも」

ライリーの騎士のレザークが言う。

私と似た楽しみ方をしてる民がいるって事？　良い趣味では？

「井戸には浄化石が入っていますが流石に川まで手が回りませんでしたし、有り得る話ですな」

ライリーの眼帯の渋カッコいい騎士ヘルムートがレザークの言葉を補足した。

「先の祈りの力で実ったばかりの冷やしてない野菜を俺が買い上げて振るまえば解決するか？」

「殿下、先程の畑の物はまだ農民が収穫の最中で終わってませんよ」

リアンという騎士が冷静に突っ込んだ。

「ギルバート様、まだ肉があるので、日が暮れても帰らないようなら、それを振る舞いましょう」

お父様がいつの間にかそばに来てそう言った。

元は八〇人くらいいた気がする観客？　が未だ六〇人は残っているように見える。

お肉にファイバス、塩むすびストックを付けようか？

お父様の夜食用に収納に結構な数を突っ込んである。

その辺のつるっとした大きい葉っぱを川で洗えば器に出来るし。

葉っぱの器って風情が有る。元日本人の血が騒ぐ。

足りない分は炊くか。大きい釜もあるし。

うちの城の騎士ならお米の炊き方は覚えているから手伝ってもらおう。

申し訳ないけど。

そして思い出した、トマトは焼けばいいんじゃない？って。

焼いてから例の女性にあげるようにお願いした。あ、牛乳もホットミルクにしてあげて。

てか、何故まだ領民は帰らないのか？　暇なのかな……大丈夫？　お家で家族が待ってない？

何かまだイベントがあると思っているの？

「滅多に見られない王子様とか竜騎士を見に来てるのかしら」

なら気持ちは分かる。

ここには超かっこいいお父様もいるし。

そう言うと、

「どう考えても奇跡を起こす其方を見に来てる」

と返された。

生活に娯楽が少なくて珍しい物を見たくなるのかもしれない。

林の中で白樺を眺めたり、つるっとした葉っぱを集めていたら、リナルドが少し先に甘酸っぱいコケモモがあると教えてくれた。

そしてコケモモ発見！　でかした！

赤くて丸い果実がめっちゃ可愛い、少し根っこごと貰って城に持って帰って移植しよう。

＊　＊　＊

そしてやはり夕方になっても領民が家に帰らない。

テントも無いのに。あのまま無防備に過ごしたら虫刺されとか心配。

野外ですよ。

葉っぱにのせたおにぎりとお肉の串焼きを振る舞う。皆喜んでいた。

神職の巫女さん達はお肉は食べないけどおにぎりは食べていた。

清貧を尊んでいるようだ。

領民にはいつかお祭りでアイスも出してあげたいね。

流石に量が足りず今回は分けられなかった、ごめん。

食べ物分けてあげるだけでイベントに見えるのかな。

「せめて花火でも上げられたら……」

『光魔法で、空に花を咲かせたらいいんじゃない？』

私の呟きにリナルドが反応した。

そうか、別に火薬でなくても私には魔法がある。

イメージするのは前世の日本で見た花火。

パーンとかドン！　とかいう炸裂音は無いけど、夜の帳が下りても帰らずにとどまっていた領民の為に、私は光魔法の花火を上げた。

リナルドが謎の草笛でヒューっという打ち上げ音を出して演出してくれた。

器用な妖精である。

夜空に光の花が咲くと、わ――っと歓声が上がる。

瘴気のせいで長く娯楽が少なかった領民の為に美しい物を見せてあげたかった。

夏のプチ花火大会よ。

午前中は浄化で魔力を使ったし、余力を使うので五発くらいが精一杯。

二発目を打った後、私の隣にいた殿下が言ってくれた。

「その、とても綺麗だな」

「ありがとうございます」

夜空に咲く花火を見て言ってくれたと思って、私は上を見たまま笑顔でそう言った。

ふとその後、もしかして耳飾りの虹色を真横で見てるのかなと彼の方を見た。

殿下の瞳には私が映っていた。

……花火を見て下さい。

お願いします。

恥ずかしいので。

私は五発目の花火をうってから疲れて倒れた。

魔力切れ。

地面に頭がぶつかる前にさっと抱き止めてくれたのは、隣にいて花火だか私だかを見ていた殿下だったみたい。

すみません、張り切りすぎてご迷惑をおかけしました。

おやすみなさい……。

朝までテントで爆睡しました。

ちなみに花火を見た後で領民達はランタンと月明かりを頼りにようやく帰宅したらしい。

帰り間際に騎士が領民に何故儀式後も家に帰らずにとどまっていたのか聞いてみたら、あまりにも尊い存在がおられたのでなるべく近くに、お側にいたかった。との事。

……土産話は出来ただろうと思う。

少し、まったりと。

「其方、やはり、妖精の類いであったか。人にしては綺麗過ぎると思った」

「違います！　吸うとほんのり甘いんですよ、コレ」

私は早朝、庭園にいた。

遠征後なので少しまったりと過ごしていいと言われてる。

とはいえ、朝一で祭壇に飾る花を探しにくる癖がある。

そこに咲くツツジに似た、ピンク色のイスマアというらしいこの世界の花の蜜を吸っていた。

私の肩の上にいるリナルドが、これ甘くて美味しいよって教えてくれたから。

そして、その現場を見られてしまった。

前世で小学生の頃に庭のツツジを吸っていたのを思い出したのだ。

懐かしくてつい。

殿下が花に手を伸ばすといつもの側近が声をかけてきた。

「殿下」

「花の蜜など其方が毒見で吸ったら無くなる、大丈夫だ、目の前で摘むのだ、誰も毒など仕込めない」

そう言ってプチッと花を手折って口元へ。

「……なるほど、ほんのり甘い」

「子供は花の蜜を吸ったり草食べたりするんですよ、少年らしい事が出来て良かったですね」

本当は川で一緒に沢蟹獲もさせてあげたかった。

でもスカートをたくし上げたら叫ばれてしまうから断念して野菜を冷やすのだけやってみた。

「良かった……？　そうか、良かったのか……」

「普通の子供の場合ですけどね、こういうのも少年時代の思い出にあっていいと思うんです」

殿下の側近が一瞬眩しい物を見たかのように目を細めた。

青春が眩し過ぎたか、すまない側近さん。

私は赤く鮮やかな丸いお花の百日草を、祭壇のお供え用に摘んだ。

「それも吸うのか？」

「これはお供え用です。吸いません」

「そうか」

「殿下、ではまた、朝食の時間に」

私は花を抱えて自室に戻る事にした。

「ああ、また後でな」

殿下はそこに佇んで私の背中を見送っていた。

城内に戻らないのかな？

私は自室にて花を飾ってお祈りしてから、部屋で眠る弟の寝顔をこっそりと見る為に廊下に出た。

寝顔も可愛いのでね、癒し。

城の窓から庭園を見やると、殿下がお父様と並んで剣の鍛錬をしていた。

なるほど、体を鍛えてらしたのね。

今朝の料理は料理長に指示を出してあるから、私は出来るのを待つだけ。

＊＊＊

私は昼食後にサロンで作業をする事にした。

お父様は書類仕事で執務室。

「お嬢様、新しいレースで何を作られているのですか？」

「付け襟よ」

「付け襟？」

「襟だけでも綺麗なレースで飾ると雰囲気変わるし、華やかになるし、服一着買い替えるより付け襟二種買う方が嬉しい人もいるかもしれないし」

「セレスティアナ、新しい服を買う金が無いなら俺が贈るが」

サロンでお茶を飲みながら興味深げに作業を見ていた殿下が言う。

「そういう事ではなくて、オシャレですよ、首元だけアレンジしたい時に有用です」

「……そういう物か？」

そうです。

「あまり新しい服が買えない下級貴族か平民向けなんですか？」

「アレンジが好きな人でも、新しい服一着がなかなか買えない人でも、まあ何でもいいのよ。欲しい人が買えばいい」

私は出来上がった付け襟を持って立ち上がり、それを差し出して言う。

「アリーシャ、エプロンを外してこの襟を付けてみて？」

「は、はい」

アリーシャは素直にエプロンを外して襟を付けた。

すると、何という事でしょう、シンプルなお仕着せが上品で格調高いワンピースに。

「おお、良いところの子女の服に見えるな」

「本当に随分高級な服に見えますね」

殿下と殿下の側近も感心してる。

「ちょっと鏡を見て来てもいいですか？」

アリーシャがソワッとした感じでそう言うので「いいわよ」と許可を出した。

すると足早に部屋を出て行った。

このお部屋にも鏡があれば良かったわね。でも良い鏡って高級品なのよね、この世界。

「す！　素敵でした！」

息を弾ませてアリーシャが付け襟の感想をくれた。

よし、成功。

そして殿下がやおら話を切り出した。

「ところで、冬の魔物減らしの狩りの件だが」

「はい」

「狩りの時のドレス、衣装はそのまま俺から贈られるのと、支度金を貰って自分のところで作るのは、どちらがいいのだ？」

「自分でデザインして作りたいですし、針子に頼むにしろ自領の者に仕事をあげたいので、支度金をいただけるなら、そちらの方が嬉しいですね」

私は正直に言った。バカ正直過ぎるかもしれない。

「なら支度金を用意しよう」

「あ、でも布は王都で買いますね」王都にもお金落とすわ。

「そうか、王都なら、一緒に買いに行くか？」

「え、いえ、そんなお手間をおかけする訳には」

「他の令嬢も来るのだ、一流店の生地を買おう」

「え、平民用の市場の物ではダメですか」

まだ成長期の子供なのでサイズアウトしたらもったいないという貧乏性。

「王子の連れとしての参加ですので、セレスティアナ様」

殿下の側近さんが口を挟んできた。

「ああ、そういう事でしたね。どさくさに紛れて自分も狩りしたいとか考えて、破れてもあまり惜しくない、動きやすい服を考えていました」

「しれっと男の見せ場を奪おうとするのはやめてくれ。令嬢は山には入らず、麓で自分の前に獲物を積み上げられるのを待てばいいのだ」

「まあ、女王様かお姫様のようですね」

私の元に貢ぎ物を持ってらっしゃい！　的な。

「それで良い、暖かくして待っていてくれ」

「テントですか？　建物内部ですか？」

「あの山の麓にはちゃんとした宿泊場所がある。

でも獲物を持って来るのは、広場のテント前にある土の上だ」

「連れの男性が獲物を持って帰還する時に山にて色付きの煙り玉が上げられます。

それを見たら建物から出てテントのある広場でお迎えして下さい」

側近さんが教えてくれた。

「ああ、勿論制限時間は有ります」

と、付け足して。

「煙玉、狼煙《のろし》の色の組み合わせで相手が分かる。俺は王家を表す紫と……青と白の三色だ」

王家の色と自分の瞳と髪色だろうか、銀色狼煙が無理だから白ってところかな。

「分かりました。狼煙が上がるまでは、建物内の暖炉の前でぬくぬくしてていいのですね」

私も狩りしたかったけど。

「そういう事だ。ちなみに連れの男性以外からも人気がある令嬢は獲物を貰えるので、より多くの貢ぎ物を貰った者には国から褒賞が与えられる」

「え、獲物を狩った男性側でなくて？」

何その女側のぼろ儲け仕様。

「男性側にも、勿論より多く、もしくは凄い獲物を狩った者には褒賞が貰える」

まあ寒い冬にわざわざ山に入って、魔物狩れって言うからにはご褒美がないとね。

「ちなみに男性が何も狩れずに手ぶらだったら、どうなるのですか？」

「……レディーに謝罪する」

ふっ。ちょっと笑えた。

「私は珍しい物でも構いませんよ。調味料になりそうな物や、綺麗な花が咲く苗木とか、綺麗な小石とか」

「俺はちゃんと狩って来るぞ、何かしら」

「ふふ。無理はしないで下さいね」

「さては信じてないな？」

クスクスと笑ってる私に向かって、不服そうに言う殿下。

「そんな事はありませんよ」

「連れは、同行者はいてもいいし、力も借りて良いのだ。探索魔法を使える者を連れて、魔物がどこにいるか教えて貰うから、必ず狩るぞ」

「頑張って下さいませ」

本当に参加賞の小石でも構わないのですよ。

殿下は勢いをつけてぐいっと手元のアイスティーを飲み干し、胸を張った。

「もちろんだ」

さて、浄化ツアーはまだ秋にもあるんだけど、また遠出になるならお食事は何にしようか？

などと考えながら、私は縫い物を続けた。

奇跡を見た、とある領民の話

【～とあるライリーの領民の話～】

奇跡を見た。
ライリーのお城の可憐で美しいお嬢様の歌声で
弱々しい様子の畑や林や大地が息を吹き返したように生命力に満ち溢れた。
作物も実らせた。
なんたる奇跡か。感動して涙が出た。
隣にいる女房も赤ん坊を抱いたまま泣いてる。

こんな足元から命がほとばしるように緑が芽吹いて、荒地からは草原まで生まれるなんて。

うちの親父は足腰が弱って最近じゃベッドの中からあまり出られないけど、今度背負ってでも見せてやろうと思った。

儀式は終わったけど、世にも尊いお嬢様や美しい人達がまだ近くの林でキャンプするらしいから、出来るだけお側にいたくて、俺はまだ、乳飲児を抱えた妻と一緒に周囲を散策していた。

足元に生えてる雑草からさえ力を貰えそうな気がする。

妻は頬も痩け、あまり栄養状態が良くないが、旅の商人から奇跡が見れるかもしれないと聞いたらしく、行きたいとせがむので連れて出て来た
うちの継いだ畑は耕しても瘴気のせいで収穫はガッカリだ、貧しくても仕方ない。

いや、妻の状態を見ると夫として不甲斐ないとは思ってはいる。

俺の畑は奇跡の場から少し離れてるけど、蘇ってるといいな。

蘇った白樺の林で貴族の方達はテントを張った。

この辺にお貴族様達が泊まれるような宿が無いからか、ずいぶんと遠い所から竜に乗って来て下さったんだろう。

ありがたい事だ。

旅の神官様が歩き疲れた足を冷やしたいというから川に案内した。

美しい川が復活していた。

水は太陽の陽射しをうけてキラキラしてる。

神官さんはライリーのお嬢様のセレスティアナ様の奇跡を追ってるらしい。

毎回感動するらしい。

あの歌声は素晴らしいものだったので気持ちは分かる。

俺も汗をかいたので川の水で濡らした布で身体を拭く事にした。

先に妻の顔を拭いてやろう。

俺が赤ん坊を代わりに抱こうとすると妻に子が泣き出すからいいと言われた。

…なぜなのか。

子よ、父の何が不満か、胸が無いからか？　まあ、仕方ない。

ここで赤ん坊が泣き出すと、お貴族様達にうるさく迷惑だから兵士の方に帰れと怒られそうだ。

涼を求めて上流の方に歩いていたらお嬢様がいた。

プラチナブロンドと新緑の瞳がキラキラしてる。天使のようだ。

どうも川で野菜を冷やしているらしい。

昔はライリーでもああいう風景もよくあったらしい、瘴気の影響が出てから、それをやるやつはいなくなったと聞く。

今この場で昔の風景が復活したのか。

また…目頭が熱くなってきた。

お嬢様が移動したので俺達も後を追うように移動する。近付き過ぎたら護衛の方に怒られそうなので十分距離はとったまま。

布の仕切りの向こう、風上から香ばしい、肉の焼けた匂いが漂ってきた。

胸がいっぱいで何も食べられないと思っていたが、急に腹が減ってきた。

しまった、パンでも持ってくれれば良かった。

長居をするつもりは無かったのにあまりに凄い奇跡を見たものだから…。

しばらくして、騎士様が領主様からのご好意だと、パンに腸詰めを挟んだ「ホットドッグ」なる物を配って下さった。

なんて優しい領主様か。ありがたくいただいた。

口にすると驚くほど柔らかいパンだった。

そしてすごく、すごく美味しい。

あまりに美味しいのでパンは半分だけ食べて、半分残して布に包んで親父に持って帰る事にした。

腸詰めは冷める前にと、全部食べた。

俺が残していたパンを見て近所に住むローガンが食わないならくれとか言ってきた。

親父の為にわざと残してると言ったら、すまないと謝ってくれて、鞄から出した干し肉をくれた。

食べ物を持っていたのかよ。まあ貰うけど。

俺はホットドッグのパンを半分しか食ってないので干し肉も半分だけ食べて残りを妻にあげた。

妻はそれをポケットに入れた。今食わないのかよ。

ホットドッグを食べて元気を貰った俺はまた妻と一緒に川の側に来た。

水の側は涼しいから。

お嬢様もまた川に来て岩場に座り、野菜を眺めていらした。

お嬢様の隣に王子様まで来た、銀髪に青い瞳に褐色の肌。

まるで夏の申し子のような方で、美少年だ。

仲が良いのだろうな、隣に座って微笑ましい。お二人ともとても綺麗でお似合いかもしれない。

……眩しい……。

夜になってまた食べ物の配布があった。まさか二度もくれるなんて。

謎の温かくて白い三角の食べ物と串焼きを配って下さった。

ありがてえ。ここの領主様はすげえかっこいい上に優しい。

しかもこの食べ物、めちゃくちゃ美味しい。

串焼きは分かる。何かの肉だ。スパイスが効いてて極上の味。

それとこの白いのなんだっけ、確か……おむすびとか言ってたか?

ほかほかして薄い塩味。良く噛むと優しい甘さもある。

昼と夜に美味しい肉を食ったせいか力が湧いてきた。

更にうちの妻には焼いたトマトと温めた牛乳までもいただいた。

野菜や牛乳は数が足りないが乳飲児を抱えたうちのに優先的に下さったそうだ。

王子様の計らいらしい、この国の第三王子様って優しい方だな。

そしてあまりに俺達が帰らないから、背が高くかっこいい騎士様に言われた。

「この辺の生活は娯楽が少ないだろうから、お嬢様の心配りで今から空に光の花を咲かせて下さる。

空を見上げていろ」

更に五回くらい花が咲く予定だと。

言われたとおりに夜空を見上げていると、ヒューとか言う音の後に、光の花が咲いた。

光魔法だ、凄い。

とても綺麗だった、こんなの見た事無かった。

瘴気の影響で長らくライリーでは祭り的な物がなかった。

皆喜んで手を叩いたり、歓声をあげて見てる。

桃色の花、青い花、白い花、黄色い花、最後に虹色のような鮮やかな花が咲いた。

五回花が咲いた後、貴族様のいる方から騒めきがあって、お嬢様が魔力の使い過ぎで倒れたとか言う声が聞こえた。

寝れば回復するとも聞こえた、静かに寝かせて差し上げなければ。

俺達が帰らないせいで迷惑をかけてしまったのかもしれない、周りも慌てて帰り支度をした。

奇跡を見せて下さったお嬢様とうちの妻を気遣って下さった王子様に感謝しながら月明かりの中、荷馬車に乗って帰った。

家に帰って親父に柔らかいお土産のパンを食わせてやった。

「柔らかくて美味しい」

そう言って喜んでいたし、俺達が見た奇跡の話を聞きながら感動して泣いていた。

翌朝、早朝のまだ幾分涼しく明るい時間に、うちの前にある畑を見ると、畑に作物が元気に実ってる。

昨夜は暗くて気が付かなかった。

更に周りには雑草まで青々と茂っている。

感動して泣きながら野菜を収穫をしていたら、起きて来た妻の顔を見てまた驚いた。

頬が痩けてなかった。

張りがあり、血色も良い。奇跡すぎる。

妻は大地色の瞳に涙を滲ませて言った。

「今朝は母乳の出も良かったの。元気が出たし、草むしりも頑張らないとね」

俺は畑作業で手が汚れていたので、涙を拭う事も出来ずに、頷いた。

空色の名前

夏が終わって初秋。

殿下の長身の家庭教師さんが追加の支度金、つまり殿下と側近のお世話用の資金と共に、転移陣から来られた。

滞在が長くなったからこっちでも勉強しろって事ね。

夏休み終了のお知らせ。

そして私も一緒に授業を受けるようにとお母様に言われた。

え？　女の子が隣にいた方が殿下もやる気が出ると殿下の側近に言われた？

え？　同じクラスの隣の席のマドンナポジにはなれませんよ？

私の中身オタクですから。

でも性別が逆なら殿下の褐色肌を見るにオタクに優しいギャルができ……いや、殿下はギャルじゃないわ、肌色だけでギャルにはならない。正気に戻れ私。

性別逆にしたら褐色肌のセクシーお姫様じゃん。

うわ、ギャルゲーにいたらめっちゃ口説きたい。

時にやはり、お母様、本気ですか？　……え？　便乗だから授業料無料？

家庭教師さんには寝床とご飯とお風呂提供でいいの？

……まあ倹約の為なら……。

どうせ勉強は必要だしね。

そんなこんなで王宮の家庭教師さんに殿下と机と教科書を並べて一緒に教わる。


しかし翌日の秋晴れの見事な日、課外授業よ。とばかりに外出。

不測の事態に備えて食べられるきのこなどを覚えましょう。

また次の浄化ツアーの為に待機時間があったので蘇った魔の森ではない、近所の普通の森に来た。

黄色と茶色の葉っぱが風に飛ばされて地面に落ちる。

柔らかそうな黄色と茶色の枯葉の絨毯。

秋の色を満喫。

色といえば、私の今日のコーデは渋めのワインレッドのワンピにエプロン付き。

お気に入りのエプロンワンピース。

枯葉の上を歩くとサクサク音が鳴って少し楽しい。

降り積もる物が森を豊かにしてくれるだろう。

きのこと栗を発見した。

森の恵みをありがたくいただく。

キノコはよく知らないものを食べると危ないけど、森の妖精リナルドが食べられるキノコを教えてくれる。

落葉広葉樹の枯れ木や倒木の周辺に生えてた舞茸をゲット。

城に戻ってから厨房の料理人に栗やきのこを渡す。

指示通りに栗の下拵えをしてくれる。

栗餡でクレープを作る。美味しい。みんな美味しいと言ってくれた。


夕食、というか晩餐。

オーク肉のトンカツがメインでご飯が舞茸の炊き込みご飯。

カボチャのグラッセもバターが合うほんのり甘いおかずとして添える事にしよう。

汁物枠にお味噌汁。具はアオサ。

乾燥させたのを沢山買ってるの。

カボチャのグラッセの作り方。手順を料理人に指示していく。

1．カボチャを一口大に切る。
2．鍋にカボチャを入れ、半分浸るくらいの水と砂糖を入れたら強火で加熱し、沸騰したら蓋をして一〇分ほど蒸し煮にする。
3．カボチャが柔らかくなったら有塩バターを加え、絡めるように混ぜたら出来あがり。
4．お好みで塩コショウも加える。

和風のカボチャの煮物に飽きたらこういうのもいいのでは？　と思う。

レモンで煮ても良いらしい。

カボチャのレモン煮という料理もある。

はたして舞茸の炊き込みご飯とかこっちの人の口に合うか心配したけど、大丈夫だった。

美味しいと言ってくれた。

まあ、ファイバス……ご飯を美味しいと感じてくれるからイケるかなとは思った。

一応パンも保険で用意していた。

＊＊＊

クーラー杖改め温風も出るエアコン杖を作った。

秋になってしまったんだもの……。

炎と氷の魔石入れ替えるだけで使い分け出来るようにした。

これに、虹色と銀色のお魚クラルーテの鱗で作った贈答品用イヤーフックとブレスレットも添える。

ダイヤ付きが王妃様用でルビー付きがシエンナ姫様用。

指輪はお二人のサイズを知らないのでブレスレットにした。指輪は私とお母様用。

シエンナ姫様は誕生日が近いし、王妃様は王様と一緒に記録の宝珠をライリーに、いえ、お母様に贈って下さったので、お礼。

王様への贈り物にアクセなど思いつかないので杖のみです、すみません、恐れ多い。

王妃様と姫様だけでも恐れ多い。

でもせっかくギルバート殿下の狩った獲物の鱗があるし、綺麗なので……記念にと。

完成した杖とイヤーフックとブレスレットを渡したら、一旦王城に戻ると言われた。

ドキドキするな〜、気に入ってくれたらいいな、アクセサリー。

杖の方は依頼品なので大丈夫でしょう。

殿下達がライリーの転移陣から王城へと帰還した。

祭壇のお供え用に赤とオレンジ色を混ぜたようなマリーゴールドを摘む。

マリーゴールドは目薬の花と言われているのでお茶を作る事にした。

庭園でマリーゴールドの花部分をプチプチとつみ、洗って、ざるに上げて乾燥させてお茶にした。

執務室にて仕事をするお父様や文官達に完成したマリーゴールドのお茶を持って行くメイドに同行する。

メイドがお茶で、私は焼いたクッキーを運ぶ。

お父様達に渡した手作りクッキーは「優しい味がする」と言われた。

私もそう思う。

執務室でお父様の顔を見た帰りに弟のいる部屋に行き、顔を見る。

抱っこさせて貰った。

ウィルは笑顔である。ゴキゲンかな？　可愛い。


夕方。

私は晩餐前に少し昼寝をしてた。

天蓋付きベッドの上でゴロゴロしてると、窓の外はオレンジ色の空に青が被さるようにグラデーションができている。

昼と夜の境目に見えるこの色は……紅掛空色《べにかけそらいろ》って言うんだっけ……。

マリーゴールドのハーブティーの出涸らしを瞼に置くと、妖精が見えると言われているのを、寝起きのぼんやりとした頭で思い出した。

でも妖精ならもう私の枕の隣、小さな籠と布で作った寝床でくつろいでいる。

エゾモモンガに似た可愛いのが。

人差し指で頭を撫でると、うっとりと目を閉じた。

そしてリナルドはまた眠った。

妖精はどんな夢を見るのだろうか？　などと思った。

ところで、明日は冬の魔物減らしの狩りに着る服の生地を王都に見に行くので、あちらで殿下と合流する。

いつもの市場でなく高級な生地ばかりを扱うお店に行くらしい。

変装無しで行くのかな？　何着て行けばいいの？　やっぱりドレス？

ちょっと緊張する。

庶民が高級ブランド店とか入るのに緊張するみたいな……。

前世でオタク友達とイベント帰りに一緒に、改装後のデパートに来た時の話。

勝手が違ってよく分からずに、入り口はこのハイブランドのお店通過するの⁉　と、間違えて入った時の気まずさを思い出した。

ひいい、ごめんなさい！

私はこのお店の客じゃないのですが、ちょっと通らせていただきますよ！　って脳内で謝って、足早に去った。

いや、今は令嬢なんだけど、中身が……。

とりあえずせっかくだし、イヤーフックはして行こうかな。

虹色のアクセに合わせるならまた白い服がいいかな？　でも白はアイス食べた時に着たしなあ。

いっそ濃紺か紫のドレスでも着るかな。

秋だし。

王城の女

（シエンナ王女視点）


王城が何やら慌ただしいと思ったら、弟のギルバートがライリーの城から一時的に戻って来た。

依頼品の涼しい風を送ってくれる杖が完成したらしい。

サロンでお茶を飲んでいた私達家族は色めきたった。

執事が運んで来てくれた物をそれぞれが受け取る。

「この杖、部屋で使う場合には立てる台座が欲しいわね、細工師を呼んで作らせましょう」

お母様が嬉しそうに杖を手にして眺めている。

「氷の魔石を炎の魔石に入れ替えたら温風も出るよう改良されています」

ギルバートの説明に驚いた。

「それは凄い！　視察の時、すごく重宝しそうだ、暑さ寒さで辛くならない」

アーバインお兄様も嬉しそう。

「うむ、これは良い物を貰った」

王たるお父様も満足気だわ。

ライリーの令嬢は天才錬金術師でもあるのかしら？

「けれどてっきり来年の夏前、春くらいに出来あがると思っていたのに仕事が早くて驚いたわ」

私は魔法の杖を眺めながら感心する。

「まだ浄化の儀式も全地域終わってないでしょうに、無理をさせたかしら」

お母様がギルバートをチラリと見てそう言った。

「本人は寝れば回復するから大丈夫だと、それと、現場の準備があるそうで、待機中です。それと、姉上は誕生日が近い事もあるので、こちらも」

ギルバートが軽く手をあげると執事が恭しく綺麗な装飾の付いた箱を差し出して来た。

中に入っていたのは美しいアクセサリーだった。

「ライリーの母子、シルヴィア様、セレスティアナ嬢、それと母上、姉上ともお揃いの虹色と銀色の魔魚の鱗のアクセサリー、イヤーフックとブレスレットです」

と、ギルバートが追加でそう説明してくれた。

「ライリー側はイヤーフックと指輪の組み合わせだそうです」

ギルバートはお茶を飲みつつ、さらに補足した。

私達側の指輪のサイズを知らないからと、なるほど。

「まあ、素敵、とても綺麗だわ、誕生日でもない私にまで下さるなんて、お礼状を出さなくては」

お母様も嬉しそうにアクセサリーを身に着けて、執事に鏡を要求している。

「虹色も銀色もキラキラしててとても綺麗、あなたの狩った獲物の鱗でもあるわね、ありがとうギル」

私は弟にもお礼を言った。

「喜んでいただけたなら幸いです」

いたってクールに返事をするギルバート。

別に嫌って無いのに正室のお母様の子じゃないからか、固いのよね。

まあ、これでもライリーの令嬢と交流して明るくなった方だから…とりあえずは、よしとしましょう。

＊　＊　＊

私は依頼品と贈り物に大満足で自室に戻り、豪奢でゆったりとしたソファに腰掛ける。

婚約者が贈ってくれた足の短い犬が足元にじゃれついてくるので頭を撫でてあげた。

ティーテーブルには贈り物を並べてある。

「まあ、素敵ですね」

侍女もそう言ってキラキラした瞳でアクセサリーを見ている。

「虹色の方は婚姻色を出している雄の魚の鱗なのですって」

ギルバートに聞いていた豆知識を教えた。

「まあ、それは是非とも婚約者や恋人に贈って貰いたい物ですね、ロマンを感じます」

「ふふ、髪飾りあたりをこの素材で作って欲しいと婚約者のルーク様におねだりしてみようかしら」

「シエンナ姫様がそうされるなら、婚約者に虹色婚姻色のアクセサリーを贈って貰う事が流行るかもしれませんね」

「なるほど、ありうる話ね」

流行を生み出せるじゃない。

ブレスレットの飾りには虹色の鱗で蝶を作ってある。

腕にはめて窓からの陽光に晒すと、本当にうっとりするほど綺麗。

何しろ、長年瘴気に蝕まれた大地を浄化した聖女のような力を持つ、ライリーの天使だとか宝石などと言われる令嬢からの贈り物だ。

そのような尊い存在とお揃いの素材のアクセなら堂々と身に着ける事が出来る。

まあ、流石にデザインは変えてあると弟に聞いたけど、こちらの方が豪華仕様らしい。

「せっかくなので、私の秋の誕生パーティーでお披露目しましょう」

この鱗は弟の狩りの獲物だし、弟とライリーの令嬢二人からの贈り物と言っても差し支えないでしょう。

「よろしいと思いますわ」

侍女も頷いた。

私は誕生パーティーでワインレッドのドレスを着る予定。

髪の色も炎の精霊の加護を賜っていて、オレンジがかった赤だし。

ドレスの襟元は白く豪華なレースで飾られている。

うん、合わない事は無いでしょう、ブレスレットにも同種の虹色が入るから、バランスも取れるはず。

パーティーには当然私の婚約者の公爵令息のルークも来るし、このアクセを身に着けていたら貴い浄化能力者たる令嬢と仲良しみたいに見えるかも。

私にまた箔《はく》が付いてしまうわね！

せいぜい嫁いだ後も大事にして欲しいわ。

魔法の杖も本当にありがたいわ。

夏はせっかく綺麗なドレスを着ても暑くて少し動くと汗をかいてしまい、汗染みが――!!って心配しないといけないし、これで不安、不快要素も軽減出来るでしょう。

寒い土地から嫁いで来たお母様も暑さには弱くて毎年夏にはぐったりしている。

きっとこの魔法の杖で元気になって下さるわ。

私は机の上に置いている杖を撫でた。

ああ、本当に天使だわ、セレスティアナ嬢。

冬の魔物狩り大会あたりで本人にお会い出来るかしら。

私が魔物を狩って彼女にお礼として貢ぎたいくらいだわ。

お茶の時間にサロンで家族に会って聞いたけれど、ライリーは石鹸、シャンプー、リンス、ポンプ、ひき肉器にファイバスを美味しく食べる為のセイマイキとやらを作っていて、他領から予算集めもしていたようだし、以後、何か資金が必要な事業があるなら王家からも出すって言ってらしたわ。

お母様がライリーにお礼のお手紙を書くらしいし。

「私からもセレスティアナ嬢に、お礼のお手紙を出しましょう、道具の準備をしてちょうだい」

ティーテーブルから文机の方に移動すると侍女に指示を出して、私はセレスティアナ嬢の姿を思い出す。

「かしこまりました、王女殿下」

侍女が文机にペンとインクを用意し、便箋を何種類か持ってきて尋ねる。

「どれに致しますか?」

彼女は記録の宝珠の情報だと、美しい新緑のような瞳をしているし、便箋は…

「薄緑があるからそれにしようかしら」

「はい、ではこちらを」

薄緑色の便箋と封筒を使う事にした。

久しぶりに面倒でもなく、ウキウキした気分でお手紙を書くわ。

＊＊＊

後に知った事だけど、お母様がライリー辺境伯夫人宛に出した手紙。

出したのはお礼のお手紙だけでなく、お茶会への招待状も送ったらしい。
あの氷の精霊のように美しい方が王城に来られるのかしら、目が幸せになりそう。

王都でお買い物

冬の魔物狩りの為、服の生地を買いに王都へ。
濃紺のワンピースドレスに付け襟と付け袖、銀糸入りの白いショール、ポシェット。
魔魚の鱗イヤーフックも装備した。
珍しく変装無しで王都に来るから緊張する。
付き添いは亜空間収納スキル持ちのエルフのアシェルさん。
ライリーの騎士もジャンケンで勝ったらしいローウェが一人同行。
転移陣のある教会の敷地内で殿下達が待っていてくれた。
整列なんてされると皆顔が良いせいでホスト感ある。眩しい……。
高級生地店に馬車で移動する。
私はアシェルさんや殿下と同じ馬車に乗り込む。
妖精のリナルドは私のポシェットの中で気配を消している。
お店の人にきゃーっ！　ネズミー！　とか言われないようにする為である。

私の今回の護衛の騎士は殿下の側近と馬で移動。

例の転移陣は竜や馬ごと移動出来る大きさがある。

何も打ち合わせしてないのに殿下も偶然濃紺の衣装を着ていた。

アスコットタイの留め具に付いた宝石はペリドットが煌めいている。

まさか私の瞳の色に合わせて緑色の宝石を選んだとか無いわよね？

だとしたら照れるけど…自意識過剰かも、単に色が好きなだけだよね、うん。

「シックな色合いも似合う物だな」

殿下がイタリア人の男性みたいに褒めてくる。照れる。

「殿下もお似合いです」

「名前で呼ぶように」

うっ……。そうか、外だものね、殿下は仰々しいか。

でもやっぱり照れる。男の子の名前呼びは。

「ギ、ギル様」

ギル様はニヤリと笑った。

「それでいい」

……もしや、からかってない？

馬車内では杖やアクセサリーとか、王家の方達に贈った物は全て喜んで貰えた等の話をしてくれた。

手紙も使者が届けてくれてたけど、直接言葉でも伝えて下さった。

そういえばお母様が王妃様のお茶会に誘われたけど、せっかくだし、お母様のドレス生地も探そうかな。

高級生地屋前に到着。大きいお店だわ。

馬車から降りる時に殿下が手を取って下さった。

わあ、王子様みたい！　……って、王子様だったわ。照れる。

店内に入ると沢山の生地が並んでいる。布地問屋、好き。

中身オタクなせいか紙屋さんも布屋さんも好きなのよね。心躍る空間。

クリーム色のコート生地と、襟元に使うファー等を選んだ。

ドレスは、うーん、上品なブルーグレーにしよう。それと綺麗なレース。

店員さんと殿下に希望の生地を言う。

殿下もいいんじゃないか？　と言うのでお買い上げ。

さらに身なりで上客に見えたのか店員さんのセールストークが始まる。

「こちらの生地は水を弾くように錬金術師が加工をしておりまして、野外活動の多い騎士様のマントを作って贈るのにも人気で」

待って！　撥水加工って事⁉　水着素材に使えるかな？　欲しい！

来年の夏はプールを作って泳ぐんだ！

お父様とお母様の未だ衰える事を知らない肉体美を水着で堪能させていただく所存！

「これは支払い別で買います、群青と紫と白と緑色の生地を。こちらの上品な淡い紫色の生地も」

それとお母様のドレス用に追加。

殿下が生地に目をやりながら聞いて来た。

「この水を弾く生地でマントかコートを作るのか？」

「いいえ、これは冬の行事と関係ない物に使う予定なので自分でお支払いします」

支払い別とか、私、すごい庶民的な事を言ってしまった。

「構わない、こちらも私が支払う」

殿下はまた私に課金をしようとしている！

いや、彼は経済を回そうとしているのだ、そうに違いない。

「でもこれは、本当にいいのですよ、実験的な物を作るので」

「構わない、男に恥をかかせないでくれ、支払いはこちらがする」

恥をかくと言われてしまえば、もう引き下がるしかない。

じゃあ、あんまり回せない人の分まで、経済を回してください。

買った生地は全てアシェルさんが収納してくれた。毎回すみません。

ありがとうございます。

買い物を終えて店の外に出たら、せっかくだからと殿下に誘われた。

「まだ色付き初めだが、近くの紅葉を見に行くか？」

当然、季節を味わう為に、紅葉スポットへ移動。

以前にお父様と紅葉デートしてどんぐりを拾った場所だ。

懐かしい、記録の宝珠を持って来てて良かった。

秋空には鱗雲が浮かんでいる。

王都の紅葉スポットはまだ青葉が多いけれど、所々に赤と黄色に色付いた葉っぱがとても綺麗。

ライリーの森は私の歌で成長を早められたから紅葉も早かったのかな？

色の付き方がだいぶん違う。

歩くと足元の葉っぱがカサリと音を立てる。

落ち葉を見ると焼き芋を作りたくなる。

あまーいさつまいもって素敵よね。

どこかにあるなら焼き芋屋さんは秋冬になったらライリーの城まで売りつけに来て欲しい。買うから。

紅葉デートの客狙いか、敷物の上でアクセサリーなんかも売っている人もいる。

完全な秋色の風景だと黒髪赤目のガイ君の姿の方が似合っているかもなどと思いつつも、サラサラの銀髪、蒼い目、褐色肌の殿下の姿とまだ青い木々と色付いた木々のミックスされた風景を記録する。

結局どちらも美しい……素材の勝利。

何やら乙女ゲームヒーローのやや幼い時のスチルっぽく見えて来た。

「主人公ちゃん」と幼なじみ設定で一時期、なんらかの理由で離れ離れになって、高校で再会する系の回想中のワンシーン的な。

あー、乙女ゲームやりたい。

今センチメンタルなオルゴール調のBGMでもかかってて隣にピンクか茶色の髪色のボブカットの女の子でもいればもう完璧よ。

いないけど。

そして通行人から無駄に視線を集めてる。美形集団なので仕方ない。

私がただの通行人でも見るから気持ちは分かる。

可愛い～とか、かっこいい～とか言う声が聞こえてくる。

たまにあの耳飾り可愛い～どこで売ってるんだろ的な声も聞こえた。

その時殿下の方を盗み見たけど、穏やかに笑っていたようだった。

殿下と麗しいエルフと騎士ばかりを喜んで撮影してると、殿下に自分も映れとばかりに宝珠を奪われて、私にそこを歩けとか、映画監督のように指示を出されたりした。

さっきまで自分が同じ事をやらせてたので、文句は言えない。

ライリーの騎士のローウェが私の耳元で囁いた。

「あそこにどんぐりが落ちてますよ」

「欲しければ、拾いなさい」

けど、私がそれを渡して、またどんぐりを大事に保存する男が増えるのもどうかと思うので、そっけなく言ったらしゅんとしちゃった。

大きい成人男性が子犬のような顔をしないで欲しい、頭撫でたくなるから。

程よく疲れたので軽食をとりにいく。ランチタイムよ。

近くのカフェに入ると、美味しそうな香りが鼻腔をくすぐった。

前回はカヌレをお父様と食べたなあと、思い出しつつ、今回は、紅茶とパンプキンパイをいただいた。

優しい味が素敵。美味しかった。

カフェ内部でも周りの人がチラチラとこっちを見てる。

何者なんだ、あの集団⁉　って、感じよね、すみません。

第三王子のギル様は世間にまだあまり知られていないみたい。

大騒ぎにならず、良かった。

お店から出ると、貧しい身なりの小さい女の子が近寄って来て、お願いされた。

「お花を買って下さい」

見ると籠いっぱいに小さい花束が入っている。

少女は目をうるうるさせている。

チワワのようだ。

これは……売り切らないと親方に怒られる気配を察知。

「その籠の中身全部を買うといくらになるの？」

「え？　全部ですか？　……えっと、銀貨三枚です」

まさか全部と言われるとは思わなかったらしく、少女が慌てて答えた。

「全ていただくわ」

気品のある令嬢ムーブをかます私。令嬢だけど。

「支払いは俺が」

すかさず課金チャンスを逃がさない殿下。何故そこまで…。

さっきから奢られてばかりなんですが。

「あの、これは私が」

「いいから、女性に花を贈るのは男の役割だ」

イタリア人男性か？　てか、側近とかギャラリーが多いからアレなんだけど、これデートっぽいな!?

乙女ゲームの妄想してる場合か。

いやいや、やはりこんなギャラリー沢山のデートなどあってたまるか。

しかしこれがゲームなら、私の生活スケジュールは料理のコマンドばかり選んでいたのでは……？

部活に入っていたなら料理部といったところか。

昨日はプリン作ってた。

器用さか気配りのパラメータが上がりそう。

デートだなんて意識すると猛烈に恥ずかしいので、アシェルさんに買ってもらったお花を収納して貰ってから、彼の長身を盾にして背後に隠れた。

「何をしてるんだ？」

ちょと殿下、今、突っ込まないで欲しい。

「背後を取る練習」

我ながら苦しい言い訳である。

アシェルさんが肩を震わせ笑いを堪えている。

「令嬢のする練習ではないと思うのだが」

追求が激しい！

「殿下、照れ隠しですよ」

殿下の側近んんんんんーっ！　余計な事を言うんじゃあない！

赤茶髪の殿下の側近の脇腹あたりに力の入ってないパンチをポカポカと繰り出す私。

「ははは！　全く痛くはありませんが、お許し下さい、セレスティアナ様」

ノーダメージの顔で笑っている、確かエイデンとかいう男。

「腹いせにお土産のプリンの毒見は、エイデン殿以外を要求します！」

私は殿下に向かってキッとした顔で言った。

「ん？　お土産を用意してくれているのか？」

殿下は嬉しそうだ。

「そーですー」

もはや品格をかなぐり捨てた私はヤケクソ気味に言う。

赤茶髪の側近、エイデン氏はそんな！　という絶望顔をしている。

他の殿下の側近さん達は嬉しそうにニヤニヤと笑っている。

買い物もランチも終わり、殿下達と別れ際に教会の側でアシェルさんから、プリン入りの大きなピクニックバスケットを亜空間収納から出して貰い、殿下の側近に渡す。

赤茶髪のエイデン氏以外に！

大人の男性がまたしゅんとしちゃった。

「まあ、プリンは側近さん達全員の人数分あるし、殿下の分は二個ありますけどね！」

と、内容を解説してあげた。

「「セレスティアナ様！　なんと慈悲深い！」」

殿下の側近さん達の声がハモった。

殿下はまた一旦王城に帰ってしばらくしてからまたライリーに来て、浄化の儀式のお手伝いに来てくれるらしい。

行ったり来たりで忙しそう。

プリンでも食べて頑張って欲しい。

子爵令嬢

我々家族はライリー城内のサロンにて、優雅にお茶を飲んでいた。

「大変だ」

「お父様？　どうなさったのですか？」

お父様が家令から受け取った手紙を見て急に焦ってるわ。

「殿下の付き添いに侍女がついてくる」

「初めて…女性を連れて来られるのですね、お気に入りの侍女なのかしら？」

私は平民のメイドではなく、貴族女性と聞いてやや緊張した。

「エイダー子爵令嬢なのだが、風の精霊の加護持ちで、儀式の手伝いが可能で、ブランシュ嬢が自ら同行を申し出られたらしい。年齢は一五で成人している」

「まあ、浄化の儀式の手伝いの為にわざわざ貴族の令嬢が、親切な方ですね」

転移陣があるにしたってわざわざ辺境まで来るなんて、彼女に何のメリットがあるのかと私は考えた。

高位貴族に恩を売って仲良くなりたいだけかな？

「そうだな、直ちに貴族女性の使える部屋の用意を」

「はい、かしこまりました」

側に控えていた家令が返事をして、速やかに動いた。

「貴族の令嬢が来られるなんて、緊張しますね」

「家格は貴方の方が上なので必要以上に恐れる必要はありませんが、淑女らしくするのですよ」

お母様にやんわりと釘を刺された。

「淑女っぽくですか」

また令嬢っぽい演技しなくちゃ。

「ぽくではなく、淑女らしくね」

お母様の言葉を受けて、手元に置いていた扇子を持ち、口元でパチンと開いてふふ、と曖昧に笑い、誤魔化した。

令嬢は扇子で口元を隠して、エレガントに笑うものだと思っている。

そんなこんなで大急ぎで貴族女性をお迎えしてもいいように、新しく部屋を整える。

＊＊＊

庭園にある転移陣が光る。

いつもの殿下達と、新顔の銀髪、青い目、白い肌の貴族の令嬢が光と共に現れた。

濃紺の上品なドレスを着ておられる。

なるほど、やはり風のスキル使いのカラーリングは銀や青なのか。

「ライリーの方々にはお初にお目にかかります、ブランシュ・エイダーと申します、以後、お見知り置き下さい」

「ようこそ、エイダー子爵令嬢、この度はわざわざライリーの浄化の儀式の為に力を貸して下さり感謝します」

お父様がイケボで最初に歓迎の挨拶をしてくれる。

令嬢にカーテシーでの挨拶をいただき、そして私とお母様も微笑みを返す。

メイドがブランシュ嬢をお部屋に案内するから、お茶をしながら待つとする。

一応殿下の侍女として来ているけど、ここライリー城は初めてなので、彼女が荷物の整理などをしてる間に、私が殿下のお茶のお相手をする。

「王都の紅葉は、まだこれからが本番という感じでしたね。夜に紅葉をライトアップをすれば、とても幻想的で綺麗でしょう」

殿下にお茶とシュークリームを出しつつ、そんな話をした。

「紅葉をライトアップ？」

美味しいシュークリームに目を輝かせて夢中になっていたらしい殿下の動きが、馴染みが無い言葉に一瞬止まる。

「夜に灯りを贅沢に使う事はあまり無いでしょう？」

「火事とかの危険性を考えたら、夜は早めに火を消して寝ろと広く言われていると思うが」

「ですから、実際の火より灯りの魔法が好ましいでしょう。でも特別な日くらいは流石王都って言われる事をしても良いかもしれません。これ、私が光魔法の灯りを入れた魔石です」

そっと魔石を一〇個程入れた袋を差し出し、魔力を通せば簡単に使えると説明する。

「これを、其方が……わざわざ？」

私はこくりと頷いた。

「シエンナ姫のお誕生日当日に婚約者の令息もお招きして、殿下からの贈り物という事で良い感じに紅葉してる木の側で夜に照らすといいのでは？」

「姉上的には虹色と銀色の鱗の魚を狩ったのは俺だから、半分は俺からの贈り物という認識らしいぞ」

「別に贈り物が一つでなければいけないという事も無いでしょうし、姉君と婚約者の令息とのムードを盛り上げて差し上げてもいいのでは？」

「何故、わざわざ他人の為にそのような事を」

「殿下はどうせ政略とおっしゃいましたが、恋が産まれないとは限らないでしょうし、お姉様の幸せと、殿下の将来の為にも」

「良い案ですね、シエンナ様の降嫁先の公爵家には力が有りますし、恩を売ったり仲良くしておくのは、殿下の将来を考えますと、確かに」

殿下の側近がアシストしてくれた。

「……姉上の為だけでなく俺の事まで心配しているのか？」

「心配というか、わざわざライリーの地の浄化を自らお手伝いして下さる殿下への恩返しですよ、ほんのささやかな。お父様からの謝礼金を受け取らないらしいじゃないですか」

「金の為にやってる訳ではない、俺は、其方と、この国の民の為に」

「ですから、少しでも報いたいだけですよ」

殿下は一瞬逡巡してから、

「……まあ、其方が姉上と懇意にすれば、そちらでも何かの利に繋がる可能性もあるから、受け取っておく」

と、魔石入りの袋を手にした。

ブランシュ嬢が準備を整えてサロンに来られた。

用意していた物をテーブルに置く。

私は先日花売り少女から、大人買いしたお花を石鹸に入れた。

花の形がそのまま残る形で。

そう、石鹸用に購入していたのだ。ただのボランティアではない。

とても綺麗で可愛いくてオシャレに出来たと思う。

儀式を手伝って下さるブランシュ嬢にも見せて気に入るようなら差し上げてもいいかな？

「これはライリーで作っている石鹸なのですが、どう思われますか？」

と、様子を窺う。

「なんて可愛いらしい、使うのがもったいないくらいの石鹸ですわね」

とりあえず、良い反応のようね。

「お気にめされたなら、これらも一緒にどうぞ」

花の石鹸にシャンプーとリンスもお付けする。

「まあ、こんなにも下さるのですか。嬉しいですわ。このシャンプーとリンスは王城でも使われていましたが、本当にこれらもライリー産でしたのね。私も分けて貰っていて、重宝してますの」

「まさしくライリー産ですわ、どうぞ遠慮なく」

彼女の青い瞳を注意深く観察する。

わざわざ儀式を手伝いたい理由はなんだろうか。本当にただの親切だろうか？

友達でも無い初対面の貴族女性の方の親切に、内心、若干の戸惑いがある。

温泉地

あ――っ！　乙女ゲームしたい！

芸術の秋、読書の秋、ゲームの秋。

窓の外の秋空を眺めながらそんな事を思う。

せっかく子爵令嬢まで来て下さったけど、もう少し城での待機時間があるらしいので、冬の狩りの時用の服のデザインも針子に渡し外注して、やや暇になった私は前世でやってた乙女ゲームに想いを馳せる。

でもゲームとかそんなの無いわ～～。すごろくの人生ゲームすら見た事無い。

せめて恋バナとか聞きたい。

殿下のお兄様やお姉様なら婚約者がいるから何か聞いてないかな。

よし、殿下がいるだろうサロンに移動して聞いてみよう。

＊　＊　＊

サロンに移動したら焼き菓子とお茶の良い香りがしている。

お、殿下は早速侍女たるブランシュ嬢の淹れたお茶を優雅に飲んでいましたね。

「何かご兄弟からロマンあふれる恋のお話を惚気《のろけ》ながら聞かされた事は無いですか？」

突然そんな事を切り出す私。

「そんな話はわざわざ聞かない、どうせ政略結婚だ」

クール！

またまた身も蓋もない～。

でも紅葉ライトアップデート後なら聞ける可能性はあるかな。

シエンナ姫の誕生日はもうしばらく先。

「ただ、二番目の兄上は隣国の姫に入れ上げて留学までしてるから、今現在も、熱愛中ではあるだろうが」

「ああ、他国に留学中なんですよね、それでは戻られるまで聞けませんね」

「まあ戻っても俺は…兄上とはそんなに仲良くないから、聞かない」

うっ！

「じゃあ、イケメンだらけの殿下の側近の恋バナとか」

ピクリと背後に控えてる殿下の側近達が反応する。

「いや、知らぬが」

「もうちょっと興味持ちましょうよ！」

「側近が年下の俺に話したいと思うか？　そんな話」

「まあ確かに年下の雇用主にそんな話……しないです……ね」

でもなんか、寂しくない？　私が側近さん達に視線を移せば……目を……逸らされた。

殿下はさもありなんという顔で笑った。

では、子爵令嬢のブランシュ嬢はどうか？　とそっと見てみた。

こちらも何故か目を伏せてしまった。年頃のはずだけど、何故かしら？

「ではライリーの城勤めの騎士に聞いて来ますね、失礼します」

ここでの聞き込みを諦めてそそくさと退散。

そして城内から出て庭に来ると、金髪のイケメン騎士のヴォルニーを見つけた。

早速聞いてみたはいいけど、

「こちらに勤める事に決めた時に、豊かな土地に住みたいからついて行くのは無理だと、婚約者には振られました」

あああああああああっ!!

「うちが、瘴気に侵されていたせいで！」

ガクリと膝を突いてしまう衝撃の事実。

「お嬢様！　いいんですよ！　所詮その程度の気持ちしかないと、先に分かってよかったとも言えるので」

そう言ってヴォルニーは私の体を支えて立たせようとする。

「……他の騎士仲間は？」

立ち上がったはいいが頭は垂れたまま聞いた。

「皆、同じような感じで婚約者とは別れて来てるらしいですよ」

ああああああっ!!

「い、今ならほら、手紙を書けば……蘇ってる地域もあるし」

私はヴォルニーの騎士らしく逞しい腕を掴んで言った。

「どうでしょうね……今更感がありますね」

「イケメンなのに、諦めないで！　そうだ、今度王都にお母様が王妃様のお茶会に呼ばれているし、護衛としてついて行っては!?　王都には綺麗な人多いでしょ!?」

「特に命令が無ければ、私の仕事はこの城の守護なので」

「城の事は私が守っておくから！」

「それでは立場が逆になってしまうのですが」困り眉ではははと微笑まれた。

「では、浄化の儀式が終わったら時間もだいぶ出来ると思うし、お見合い用の肖像画を私が描いてあげるわ」

「ええ!?　お嬢様が!?　画家に頼むので！」

「私が描けば無料じゃない」

「そんな、お嬢様の大事な時間を使わせるなんて」

「気にしないで、今すぐじゃないし」

ヴォルニーは肖像画のみならず、ポーズモデルでもやってもらいたい程のスタイルの良い金髪碧眼のイケメンなのである。

ローウェと仲が良いみたい。

自分の分のおやつのどら焼きを一つ奪われたのに唐揚げで許す優しい男の人だ。

……肉の方が良いのだろうか？

とにかく、ぜひ幸せになってもらいたい。

「王妃様のお茶会へ招かれた奥様の同行者は、ヘルムート様に決まったようです」

ローウェの事を考えてたら本人が突然カットインして来た。

びっくりする。

「流石に護衛騎士を全く付けないわけにはいかないか」

「城は俺達で守るぞ」

私も守るぞ。

お母様のお茶会用のドレスも頑張って仕上げなければ。

まあ、外注に出してる針子から納品がされてからだけど。

私の狩り用ドレスより重大だわ、何せ王妃様のお茶会だもの。

水着は……来年の夏までに出来ればいい。

水着で思い出したけど……私のプレイしてた乙女ゲームの主人公は学生が多かった。

たまにOLやファンタジー系の錬金術師もあったけど。

学園物の学生キャラだと最初はお金があんまり無い。

とにかくプールや海デートに備えて水着と、クリスマスのパーティードレスと初詣デート用の振袖を買う為に頑張ってバイトしてお金貯めてたな〜〜。

などとしみじみ思い出す。

こっちは、新年の初詣みたいなイベント、行事は……あるの？

まだ私が小さいから寒い冬は外に出されて無かった可能性……。

教会、神殿に行けば神様にお祈りの挨拶は出来るだろうけど。

でもそういう新年を祝う場所がお外にあった所で、玄関に迎えに来てくれ、晴れ着を褒めてくれて、一緒におみくじ引いてくれる彼氏がいない。

いや、リアルに探せばいるんだけど、嫁に来て欲しい的な婚約、結婚の申し込みは全てお父様にお願いして蹴って貰ってるけども。

（自領から出たくない）

気楽にゲーム内で遊びたい。わがままだけど。

自分が恋するより外から平和に眺めたい。

てゆーか、こっちの教会におみくじは無いよね？　無ければ作って貰う？

いや、教会に何させようとしてるんだ、神聖な所だ。

しかし何も無しで寄付を募るより普通に集金出来るような気が。

前世の世界で神社って景品が当たるくじもやってたよね。

自領にデートスポットを作りたい。

水族館や遊園地、観覧車やメリーゴーランド。それにナイトパレード。

欲しいなあ、観光名所。田舎で自然しか無いとか言われたくない。

いや、自然は素晴らしいのだけど。

「ティア、殿下の接待もせずに、何でこんな所に」

お父様が庭に現れた。

「今回は侍女さんが、ブランシュ嬢がいるから大丈夫かと」

「何が大丈夫なんだ？」

「彼女、殿下が好きで同行を願い出た可能性は無いでしょうか？」

「……………ん？　そんな雰囲気でも無いような」

お父様は顎に手を当てて、思案顔で固まったので話題を変える。

「まだ次の儀式の地へ行く準備は終わらないのですか？」

「近くに温泉街があってな。瘴気に侵されてからは封印して廃れているが、我々が寝泊まりする一軒だけでもと、先に修繕しているんだ」

えっ⁉

お、温泉があったの⁉　スパリゾートが作れるのでは⁉

「自領の皆さんには日々生きるだけで精一杯より、潤いと楽しみを持って生きて欲しいので、ぜひ温泉復活等を頑張りたいと思います！」

意気込んだところで伝令が来た。
ようやく次の儀式の地が決まったので明日は竜騎士様の力を借りて現場に向かう。

＊　＊　＊

私は今回も竜に乗るので騎士服っぽいコーデで来た。
秋空の中を飛ぶのは気持ちよかった。
気温も過ごしやすい感じになってきたし。
子爵令嬢は大丈夫かな、竜に乗って移動するの。とても高い所を飛んでるし。
隣を飛んでる竜騎士さんに同乗してるのを確認してみると…平気のようだった。
わりと豪胆な方ね。
現地に到着。古びた温泉街が並んでいる。
瘴気の影響が無かったら人気だったろうに。
今は……廃墟巡りが好きそうな人にウケそうな見た目になっている。
夜に肝試しが出来そう。……多分しないけど。
「あそこの宿を泊まる場所として、内部を綺麗にしていたから、時間がかかった」
昔湯治の客が使っていたこの廃墟宿をなんとか泊まれる状態にしたという。
確かにお父様が指した一軒だけ綺麗になっている。
お父様は殿下にテントでの宿泊ばかりさせるのが心苦しかったのかな。

本人はキャンプを楽しんでいたみたいだけど。

例によって儀式前には待機していた巫女さん達によって、白い儀式用衣装にお着替えさせられる。

「これは毎回必要なのですか？」

「セレスティアナ様の品位を保つ為でございます」

……私の為でしたか。

「魔物素材のアクセサリーが禁止なのも、私の為だったのですか？」

「神に祈りと歌を捧げる神聖な儀式です。魔的な存在の素材など身に付けていると、何かしら誤解を受けたり、噂が貴族の耳に入れば、誹《そし》りを受ける可能性がございます。付け入る隙は見せない方がよろしいのです」

なるほど、ちゃんとした理由はあったのね。

畑地帯にて儀式を行う。

リナルドがいつも通りに鈴のような花を振り、風の妖精が光りと共にふわふわと舞い、妙《たえ》なる伴奏を奏でる。

殿下や子爵令嬢達が風スキルで私の歌声を遠くまで運んでくれる。

眩しい光が畑や温泉街をも包み込み、浄化される。

淀んだ水が清涼なものに変化する。

——ああ、これで、温泉も蘇った——！

現地の人や巡礼の観客もわーーっ！　って歓声をあげて喜んでいる。

大地に五体投地してる人もいた。感極まりすぎでは。

それはともかく、温泉街に移動した。今日の休憩、宿泊場所だもん。

私は青いお湯をたっぷりと湛えた岩場の露天風呂を指差して言う。

「ねえ、これ、温泉、もう入れるのでは？」

「鑑定してみるから、少し待ちなさい」

お父様が言うなり、亜空間収納から鑑定鏡を出して、それをかけ、温泉を調べる。

眼鏡かけた――――！　眼鏡イケメンだ――――！　やった――――！

かっこいいーーーっ!!　ダンジョン産の鑑定鏡、ありがとうございました。

「大丈夫だ。瘴気はちゃんと消えている」

青くて美しい温泉からはもくもくと湯気がたっている。

周囲の植物も復活してて見栄えが良い。

枯木から蘇ったばかりの緑の葉がすぐに紅葉したのは、元々秋だったのと、私が豊かな実りと収穫を願う歌を歌ったからだとリナルドに聞いた。

なるほど……。

強引に紅葉までいってしまったか、でも季節的には秋なので当っている。

「瘴気の影響が無いなら温泉に入れますね！　ちゃんと男湯と女湯は分かれてますし！」

紅葉露天風呂に入るチャンスを逃す訳にはいかない！

お父様がひびが入った壁を小突きながら言う。

「だが、壁の仕切りが壊れている」

「私が土魔法で今すぐ修繕します！　下がって下さいませ！」

すると速やかに下がってくれたので、ひびが入って崩れている土壁は一旦崩してから、綺麗な壁を作り直す。

「よし、これで完璧！」

私はつるりとした綺麗な壁の前で拳を作ってガッツポーズ。

いかん、淑女演技忘れた。

「やれやれ、女性騎士が見張りに立つ事も出来ないのにやっぱり露天風呂に入るのか」

お父様は呆れ顔だけど、絶対に温泉には入りたい。

「女性騎士の数が少なくて、まだうちにいないので仕方ないでしょう。壁もあるので大丈夫ですよ」

「王都から女性騎士を連れて来てやれば良かったな、露天風呂に入るとは思っていなかったか」

殿下が青い温泉のお湯を興味深げに見ながら言った。

「殿下、大丈夫です。お気持ちだけで！　温泉楽しみですね！」

「ああ、実は俺も温泉は初めてだから、楽しみだ」

殿下も笑顔である。

嬉しそうな私達を見て、ダメとも言えないお父様は我々が露天風呂に入る事を許してくれた。

＊　＊　＊

秋の青空と紅葉を眺めつつ、温かい温泉にまったりと浸かって癒されている所で、ポツリと私が言う。

「光、治癒魔法の修行もしたい」

『光魔法のレベルは上がってるよ』

同じく気持ち良さげに温泉に仰向けになって浮かんでいたリナルドにそう言われた。

「いつ⁉」

『大地を癒してるじゃないか、祈りと歌で』

あっさり言われた。

そうか、対象が人じゃないから気が付かなかった。

言われてみれば…。あれも光魔法系統の浄化であり、癒しだった。

同じ貴族女性という事で、子爵令嬢とも一緒にお風呂に入っている。

チラリと見る。

流石貴族だ、元から肌も綺麗なんだけど、温泉効果でますますツルツルすべすべになりそう。

アニメだと温泉回は同性のオッパイとか揉むイベントもあるんだろうけど、修学旅行の同級生の友達とは訳が違う。

いや、前世でもそんな事はやってないけど。

アニメや漫画ではよく見た。

「また大きくなったんじゃない？　この〜〜」

とか言って胸を揉むイベント、マジで実際には見た事は無い。

アニメや漫画には夢があっていいね。

「温泉、とても気持ちが良いですね、浄化に参加させていただいて得しました」

ブランシュ嬢が青いお湯の中で頬を薔薇色に染めてそうおっしゃった。

毒も何も感じない、素の言葉のようだ。

「ええ、ここのお湯はとても気持ちが良いですね。浄化のご協力、感謝致します」

お礼を言いつつ観察もしているけれど、この令嬢の協力は普通に善意のような気がしてきた。

彼女はうふふと、機嫌良さそうに笑っている。

「そう、得で思い出しましたが、シュークリームでしたかしら？　私もいただきましたが……絶品でしたわ」

うっとりとした顔でお茶の時間に食べたシュークリームを思い出しているブランシュ嬢。

うん、またうちのお菓子に魅了された人が増えたようだ。

——ところで……隣の男湯はお父様と殿下が一緒に入ってるらしい！

ワーオ！　大丈夫か、隣のイケメンパラダイスは？

とても気にはなる、私は鍛えられたかっこいい筋肉が好きなので。

覗く訳にもいかないので誰かスチルだけ回収していて欲しい。

紅葉と露天風呂とイケメンって絵になるじゃないですか。

湯気はあってもいいので。

我々王族と貴族が入った後には、ちゃんと平民達にも温泉は解放された。

浄化の儀式を見る為に、はるばるついて来ている巡礼者も癒される事でしょう。

焚き火と昔語り

「お父様、しゃがんで下さい！」

露天風呂を堪能した私は、お父様の側にてててと、駆け寄った。

「ん？」

なんだ？　と思う顔しつつもお父様はしゃがんでくれた。

「……どうです？　湯上がりすべすベツルツルのたまご肌ですよ！」

すりすりっとお父様の頬に頬擦りする私。

「なるほど、ティアの肌はいつもすべすべだが、いつもよりしっとりしてるようだ」

えへへ。温泉効果！

ふと、視線を感じた、殿下と子爵令嬢がこちらを見てる。

甘えん坊なところを見られてしまった！　ま、いいか。

「お嬢様、お食事はどこでとられますか？　室内と外」

騎士が近寄って聞いてきた。

「外です、紅葉を見ながら食べましょう。こんな所までは滅多に来れないし」

儀式とお風呂で慌ただしくて昼食を抜いたから夕食は早めに取る。

神職の人はお肉を食べようとしないので、塩味のおむすびとお漬物のお弁当と鍋に入れた豆のスープを持たせてあげる。

温泉地といえば、お食事も大事ですね。

遊山箱《ゆさんばこ》。

温泉地で美味しい食べ物を詰め込む遊山箱と言われる重箱をいつか作りたいな。

見栄えが良いと思う。

前世の観光地でも人気だった。

小さいサイズのオシャレな遊山箱に和菓子を詰めたものも大変映えだった。

漆塗りの箱ってどこかに無いのかしら?

今回はそんな物は無いので、普通に景色を見ながらバーベキュー。

夕焼け色に染まった紅葉が視界に広がる。サンセットバーベキューだ。

廃墟と私の歌で生い茂った植物の組み合わせが人類の滅んだ後の風景のようで幻想的。

いや、人類滅んでないけど。

しばらく立ち入り禁止で封印放置されてただけですけど。

さて、大人気のピザも三種用意してある。

浄化の儀式は現地までの移動に時間がかかるから、既に焼いて持って来たものだと、すぐに食べ

られる。

亜空間収納からピザを次々に取り出すと、焼き立てのままなので、瞬間、香ばしい香りが漂う。

私の好きな照り焼きチキン味とチーズとトマトのマルゲリータ、コーンとベーコンとチーズの黄金の組み合わせの三種類。

そして新鮮野菜の野菜スティックにディップソース付き。

皆、嬉しそうに、美味しそうに食べている。

フライドポテトも出すと大人気。殿下の警護があるのでお酒を出せなくてごめんね。

飲み物は林檎や葡萄のジュース、フルーツは干したいちじく。桃。いちご。

誠に甘露である。

串焼きのお肉を焼く為の火を見ていたら、お父様の冒険者時代のお話を聞きたくなっておねだりしてみた。

「昔、冒険者時代に食べてた物？」

「はい」

「そうだな、狩った魔物の肉の他は…脂肉とキャベツを煮込んで汁ごと食べた。牡蠣と玉葱を葡萄酒で煮た物とか、干したいちじく、葡萄、クルミ、アーモンド、空豆に、りんご、キャベツ、硬いパン等」

「興味深いです」

「旅先で市場に行くと利き酒屋がいて、色んな所の葡萄酒を飲んだ、美味い物も…不味い物も」

お父様は昔語りをしながら目の前にある網の上の串焼きを掴んでひっくり返す。

何故領主のお父様が自ら肉を焼いているのかと言えば私のリクエストだからだ。

火はジリジリと串焼きのお肉を焼いていく。

お父様の手の甲って血管や骨が浮かび上がっていて、セクシーだから好き。

しかも鍛えているからゴツゴツしてて男らしく、逞しい。

更に指も長く、爪も短く揃えてあり、清潔感もある。

多くの女性は手フェチなので、後世にも残さなければと、度々記録の宝珠を左手に握り込む。

このセクシーな手を撮影したくてわざわざ肉を焼いて貰っているのだ。

しっかりと撮影しなければ！　使命感に燃える。

「不味いお酒もわざわざ買って飲んだんですか？」

肉に振りかけると、劇的に美味しくなるスパイスを右手でお父様に手渡しながら聞く。

「駆け出しの時は不味くても安いとつい手が出る事もある。強くなると報酬も稼げるので、だいたい美味しいのを飲んだ」

焚き火の炎を映すお父様の深緑色の瞳も美しい……。

横顔も端正な男前顔で超かっこいいので、視覚と宝珠に刻み込む。

お母様と小さい弟よ、また留守番で申し訳ありません。

記録の宝珠はちゃんと使っております。

パチパチと火の爆ぜる音と、お父様のイケボで昔話を聞きながら、贅沢にスパイスを使った焼き立てのお肉や好きな味のピザ、フライドポテト、野菜スティックも食べる。

私の選んだ飲み物は林檎ジュース。

時に干したいちじく、いちご、桃も食べる。

いちごは瑞々しい、そして桃が甘くて美味しい。

贅沢な時間だった。

正面側に座ってる殿下や子爵令嬢も目を輝かせてお父様のお話を聞いていた。

ピザを食べた子爵令嬢は「語彙力が無くなるほど美味しいですわ」と、言っていた。

語彙力消失ピザか。

口に合ったようで良かった。

集まった領民には神職の方達と同じ様に腹持ちの良い塩むすびと漬け物お弁当と串焼きを振る舞った。

大変喜んだ。温泉に入って紅葉見ながらお弁当だもんね。

温泉に入るから濡れた体を拭く布まであげたからね。

思わぬ記念品になってしまった。

宴のような食事が終わって空がだいぶ暗くなる。

一軒だけ綺麗にした宿泊する宿の中に移動する。

「夜は外の廃墟が怖いから一緒に寝て下さい」

「怖いなら仕方ないな」

私はお父様の服の裾を掴みながら甘えた。

お父様は優しく微笑んで頭を撫でてくれたし、夜の廃墟が怖いという理由でお父様に添い寝して貰う事にした！

秋になったから多少ひっついても大丈夫でしょう！

今は怖くないけど、深夜は怖いかもしれないので。

王都の紅葉ライトアップ

温泉地での儀式が終わったので我々はライリーへ帰城。

殿下と子爵令嬢は一旦王都へ戻った。

子爵令嬢まで何故かお父様からの謝礼金は辞退された。

代わりに次の儀式の転移陣の使用時に、下男の同行者を一人連れて来る事を許して欲しいと言われて、特に問題無いので許可してあげると、かなり嬉しそうだったそうな。

はて……？

王都ではシエンナ姫誕生日のお祝い企画が進んで、夜間紅葉ライトアップの告知がなされた。

＊　＊　＊

私は自室の文机の前に座り、お手紙を確認中。

シエンナ姫様からも感謝のお手紙が届いているし、ギルバート殿下からのお手紙にて、シエンナ姫のお誕生日当日の報告が細かくなされている。

通常の誕生生パーティーが午前中王城内で行われた。豪華にして華麗。

会場内は赤いバラも、ふんだんに使われ、飾られていた。

シエンナ姫はワインレッドのドレスに身を包み、例の魔魚の鱗で作ったイヤーカフやブレスレット、おまけに婚約者の公爵家令息ルーク殿が根性で間に合わせた、虹色魔魚の鱗で作ったバレッタを身に着けて、お披露目をなされた。

婚姻色の出ている鱗のアクセサリーという響きのロマンチックさに、瞬く間に恋人や婚約者におねだりする素材として話題になり、大人気となった。

夜になって、王都の紅葉、カエデの木々を公園内で鮮やかにライトアップ。

……さぞかし綺麗だったのでしょうね。

ちょっと見てみたかったけど、高貴な方が多そうだし、行くのはやめたのよね。

私はここまで読んで、一旦手紙から目を離し、様子を思い浮かべた。

そしてライリーも来年から何処かで、紅葉ライトアップイベントをやりたいと思った。

再び視線を手紙に戻す。

出店も多数。

シエンナ姫と公爵家令息は大きな池の上に船を浮かべ、遊覧船から優雅にライトアップされた幻想的な紅葉を見た。

お酒を飲み、食事も楽しんだ。

せっかくの姫君の誕生祝いという事で、池の方にもいくつも船を浮かべ、灯りは十分に灯された。

水に映る炎の輝きも美しいだろうと、結局本物の火も使い、火事には十分気をつけて、とにかく豪華にしたと。

火の扱いに細心の注意をはらってくれたのなら、こちらも文句は無いわ。

紅葉のライトアップというアイディアだけでも大変良かったとか。

夜のイベントはあまり多くはない分、一般客の平民の間でも、大変盛り上がり、経済もよく回り、国王夫妻も満足げだったらしい。

先に読んで隣に置いてあるシエンナ姫様からのお礼の手紙にもそう書いてあった。

……ふう。私は息を吐いて、お二人からのお手紙を箱の中に大事にしまった。

シエンナ姫からのお手紙には、紅く色着いた葉の押し花が一緒に入っていた。

女子力を感じる。可愛い。

晩秋に後一回浄化を行い、後は自浄作用に頼る事になる。

最後の浄化の儀式だし、領民にも何か甘いものでも振る舞ってあげたいな。

洋梨とカスタードクリームのガレットとかどうかな？

沢山食材を用意して料理人のお手伝いも増員しないと。

食材といえば、冬支度の準備も問題なく進んでいるか、家令に進捗を聞こう。

薪は近くの森から調達出来るかな？

また冬になれば暖炉前で保存食を食べたり、ぬくぬく計画を実行したい。

私は椅子から立ち上がって、色んな準備を始める事にした。

優しい人

晩秋。

ギルバート殿下と子爵令嬢が転移陣にてこちらに来られた。

子爵令嬢は殿下の後に確かに余程の寒がりか？　と思う着膨れした下男と共に来た。

年齢は四〇代後半の温和そうな男性だった。

通常城の庭園に繋がる転移陣を平民が使えるはずはないが、子爵令嬢たっての希望で鞄を両手に二つ持って、連れて来られた男性は、床に足を突いて、頭を下げた。

「辺境伯、こちら、当家の庭師だった男です。見ての通り、人畜無害な男で、今回、私と共に転移陣を使用させて頂いたお礼を申し上げたいそうです」

子爵令嬢がカーテシーの後に、お父様に下男がお話ししたいとの旨を告げる。

お父様が許可すると、庭師は頭を下げたまま話し始めた。

「私はライリー出身の者です。両親も祖父母もこの地で産まれ、亡くなりました。庭の花をこよなく愛していたのです。かつてのあの喜びの庭を蘇らせ、もう一度ここで生きたいと思い、この地に戻る事に致しました」

「つまりは、我が娘、セレスティアナの奇跡により、ライリーの大地から瘴気の影響が抜けた噂を聞き、もう一度美しい庭を蘇らせたいと、戻って来たという訳か？」

お父様が庭師に問うた。

「左様でございます。どんなに手をかけても、かつては瘴気の影響で繊細な花は上手く育たなくなり、悲しくて、他の地で庭師をしようと移り住みましたが、勝手ながらどうしても故郷の地に戻りたくなってしまい、ブランシュお嬢様のご好意で、私が安全にこの地に戻れるよう、共に転移陣を使わせていただきました。感謝の念に堪えません」

……つまり、子爵令嬢は、この庭師を野盗や魔物が出る可能性のある道を遥々旅をさせるのが心配で、安全に送り届けたくて、浄化の儀式の手伝いを買って出て、転移陣に平民を連れて来る為に信頼を得ようとなさったという事？

……目頭が熱くなってきた。

ただの良い人だったわ！

第三王子の好感度稼ぎ狙いか、イケメンお父様の公妾狙いか？

はたまた、大地が甦れば税収も上がって力をつけるだろうから、後に何か力を貸して貰う為かなどと予想していたら、ただの優しい令嬢だったわ。

ごめんなさい。

「ブランシュ子爵令嬢は、なんとお優しい事でしょう。庭師の貴方の荷物も多くはないようですし、今戻っても家は管理者もいなければ荒れて、毛布や食器など、生活に必要な物も足りないかもしれません。物資を集めて荷馬車を用意し、家まで送らせますので」

私がそう言葉をかけると、もこもこの庭師が慌てて言った。

「そのような事まで、転移陣を使わせていただいただけで十分でございます。毛布を持たない代わりに沢山着込んで来ました」

なるほど、それで着膨れしてたのか。

「構いませんよ。ブランシュ嬢には今回もお世話になります。ささやかなお礼……にもなりませんが」

「セレスティアナ様、もったいないお言葉ですわ。ですが庭師も年齢的に無理はしない方がいいですし、ここは素直にお言葉に甘えさせていただきます」

この世界の平均寿命は前世の日本より遥かに短いのだ。

「お、お嬢様……」

庭師は恐縮しているが、上が言うのだからこの話は決定だ。

「我が城の庭師に花の種や苗などを分けて貰ってから、実家に戻ればいい」

お父様が言葉をかけて、私も続ける。

「野菜の苗や種も欲しければ庭師のトーマスに言ってちょうだいね。遠慮なく」

「あ、ありがとう……ございます」

庭師は感動したのか声を震わせ、お礼を口にした。

ブランシュ嬢を変に勘ぐった罪滅ぼしに、庭師には色々贈っておこう。

前世でラノベの読みすぎであった私は、あざと怖い貴族女性の存在を考えて、警戒しすぎているのかも。

でもこんな善良な令嬢は、やはり稀なケースなような気もする。

＊＊＊

最後の浄化の地にワイバーンで降り立った。

晩秋の風はだいぶ涼しくて、マントを纏っていて良かったと思った。

朝の一一時くらいの時間に現場に到着。

生気の乏しい大地の畑を今回も歌と祈りで蘇らせる。

白金の輝きは風に乗って遠くまで伸びて行く。

瑞々しい緑色の植物が急速に育ち、次に実りの秋が急激に訪れる。

作物の収穫が出来るのである。

今回も奇跡にギャラリーが大変沸いた。

緑色の草海原が金色の草紅葉に変化している。

景色を見ながら、これで浄化の旅は終わりなのだと、しみじみ思う。

後は、自浄作用に頼る。言うなれば大地の女神のお力に頼るという事かな。

また日々のお祈りをライリーの城から捧げます。

今回は宿が無いのでまたテント泊をする。

美しい金色の草紅葉の中でのキャンプは気持ちが良いと思う。

遊牧民のゲルに似たテントで過ごすのは情緒があるよね。

この辺にもやはり沢山の人が行ける食堂の類いが無いので、塩むすびと、漬け物と甘い物枠に洋梨とカスタードクリームのガレットを配る。

集まった領民は砂糖を使った贅沢な甘いガレットを食べて、「やばい、美味い、甘い」などという感想をもらして喜んでいた。

「綺麗だな、金色の大地も」

ギルバート殿下が爽やかな風に銀髪を揺らして私の隣に立った。

「今回もお手伝いありがとうございました。領民達も喜んでおります」

「何という事も無い」

眼前に広がる景色を見ながら、晴れていて良かったと、しみじみ思った。

妖精のリナルドは私の肩の上で『満ちてきた』と、言った。

「何が満ちたの？」

『女神様に直接捧げ物を届ける、魔法陣が展開出来る力だよ』

殿下も私もびっくりする。直接？　魔法陣？

「捧げ物？　いつもの通りに祭壇にお花や野菜でいいの？」

『セレスティアナ、君は祭壇に飾る神様の姿の絵を描いたろう？』

「え、ええ、イメージで」不敬だったらどうしよう。焦る。

『新しい服が手に入ったと女神様方が喜んでいたよ』

「ええ!? 服を着た絵を描いただけで？」

『女神様方は神力で姿絵と同じ服を編み上げていたけど、今度は実物の洋服を贈ってあげたら？ 素敵なお返しが期待出来るよ』

「え!? 私が女神様のお洋服を!? 正しい寸法も分からないのに？ 最高級の絹の生地を使っても、神様にお渡し出来るクオリティの物を作るのは厳しいと思うのだけど！」

『ようは気持ちだから素材はそこまで気を遣わないでいいよ。絹じゃなくても麻でも構わないし、縫製技術も十分だよ。服の寸法、女神様の体型は大体君のお母様を参考にすればいい』

さ、流石美しいお母様、女神様とプロポーションが似ていらしたとは！

「一体何が、お返しに貰えるというの？」

震える。

『それは後のお楽しみだよ』

リナルドは愛らしい顔で事もなげに言う。

「神様に直接贈り物を届けるだと？」

殿下が改めて驚愕しているけど私も混乱している。

見れば殿下の側近達も固まっている。

とりあえずこれは、お父様に報告すべきよね？

私はぐるりと周囲を見渡し、お父様を探した。

新素材

お父様を探して、神様に贈り物をしたらお礼に「何か貰えるらしいです」と言っても、

「なんだそれは？」

と、神様が直接何かを下さるなんて途方も無い話に混乱するしかなかったようであった。

確かに！　と、私も思った。

本当に困惑するけど神様が下さるなら良い物には違いないと思う。

すっごい気になる。

そしてまず、神様が気に入って下さるようなお洋服を考えなければ。

かなりのプレッシャーである。

とりあえず、頭がパンクしそうなので、出来そうな物から先に。

必殺現実逃避とも言う。

締め切りの前にあえてゲームやったり、寝たり、テスト前に急に部屋の掃除はじめるようなもの。

とにかくそろそろ食事の支度をしなくては。

エビが好きなのでガーリックシュリンプを作る。

にんにくを使うけど、いいよね？　今晩どなたもキスの予定はありませんね？

エビのぷりぷり食感を楽しもう。

エビ。人数を考え、大量に用意。

他に片栗粉、塩。

ガーリックソースを作る。

材料はニンニクと玉ねぎのみじん切り、それとオリーブオイル、ハーブソルト、レモン果汁で。

ボウルにエビ、塩、片栗粉を入れ、全体を絡めるようによく揉む。

流水で洗い、片栗粉を完全に落とす。

この作業でエビの汚れや臭みを取り除く。

鋏を使い、エビの殻に切り込みを入れる。

切った殻の間から、爪楊枝を……いや、爪楊枝無かったわ、針を刺して背ワタを取る。

尾の半分ほど斜めに切り落とす。（尾に汚れがたまりやすい為）

布巾でエビの水気をしっかり拭き取る。

エビとガーリックソースの材料を袋にすべて入れて、袋の上から揉む。

冷蔵庫の代わりの氷の魔石入りの箱の中で一時間ほど漬ける。

レモン果汁の働きでエビの臭みが抜けるはず。

エビとソースをすべてフライパンに出す。

エビが重ならないように広げ、中火くらいでしっかり焼き目を付ける。

殻が赤くなり、切り込みを入れた部分が開いてきたら、裏返してもう片面を焼く。

仕上げに使うのはバター、塩、粗挽き胡椒。

バターを加えて溶かし、全体に絡めたら火を止める。

ふわりと良い香りが漂う。

「美味しそうな香りがする……」

と、寄って来る騎士に「待て」をする。

それとトッピングのレモンとパセリ少々を用意。

パンは塩パンとバゲットと、柔らかいロールパンをあらかじめ用意して来てあるので、それを出す。

好きなのを食べればいい。

スープはコーンスープ。

ジュースは臭い消しに林檎ジュース。

茹でた豚こま肉とキュウリとトマトのサラダ。

レモン汁と鶏がらスープの素で味付けしたさっぱり系のサラダ。

ついでに人気の高い山盛りフライドポテトがまた登場。

揚げたイモ、大人気。

お酒を出してあげたいけど、お外で警護任務中だし、また今度ね。

「美味しい……!!」

皆様にもご満足いただけたようだ。

お食事中に殿下のイケメン騎士達のお話なども聞いてみる。

飯が美味過ぎるからずっと殿下と共にライリーにいたいとか言う。

高貴な王族に仕える名誉ある騎士様が飯に釣られて何を言っているのか。気持ちは分からないでもないけど。

＊　＊　＊

既に暗いけど、寝るのにはまだまだ早い時間。

リナルドが儀式の現場からわりと近い森に夜になると探しやすい良い物があるというので、夜の冒険。

ドキドキする。

当然子供の私と妖精だけで行く訳にはいかない。

殿下も冒険好きなせいか、ついて来るというので当然護衛としてお父様や騎士達も来た。

灯りの魔法で照らしながら森を行く。

ここは魔の森とは違うけどこの世界には魔物がいるから油断は出来ない。

前世で夜の山にカブト虫やクワガタを取りに行く動画を見た事などを思い出した。

またキノコや野苺みたいな物があるのかな？　と思っていたら、見つけたのは何か幹が赤っぽい印象のうっすら光る木々だった。

「このうっすら光る木は何なの？」

私がリナルドにそう聞くと、私の肩の上からピョーンと幹に飛び移った。

流石見た目がモモンガ系妖精、様になっている。

『この光る木の幹に傷を入れると特殊な樹液が出るんだ』

「美味しいの？」

私はメープルシロップや白樺の樹液を思い浮かべた。

『飲み物ではなくて、この樹液は魔力と共に太陽光に当てると、やや柔らかく固まるし、月光に当てると、硬く凝固する特殊な魔木の樹液なんだよ』

「……ん？」

『つまり、僕は君とリンクしてるから、君の知る知識内で分かりやすく言うと、レジンのような透明の液体が出て、アクセサリー作りとかに使えるって話だよ』

「な、何ですって!!」

私は驚いた後に、少し離れた位置で不思議そうに木を見てるお父様に駆け寄った。

「お父様！　バケツ、いえ、何かツボのような物を複数とナイフを貸して下さいませ！」

「あ、ああ」

私の剣幕に若干引きつつも、お父様は亜空間収納から壺をいくつか取り出して渡してくれた。

ナイフは騎士が代わりに使ってくれた。

指示通りに樹液が滴れるよう切り込みを入れて、壺を下にセットしておく。

『城に帰る前に回収するといいよ』

リナルドの言う通りに、帰り際に回収するとする。

わー、何作ろうかな。

多分ソフトレジンとハードタイプのレジンみたいな使い方が出来るのよね？

ソフトのが加工はしやすいかもだけど、強度を考えるとハードがいいのかな。

とりあえず、壺を複数セットして、テントに戻ろうとすると、

「あ！　なんか光る虫！」

殿下が指を差して叫んだ。

発光するカナブンみたいなのが飛んで来る！

「きゃ――っ！」

私は虫にびっくりして思わず近くにいた殿下にしがみついていた。

「は、白骨死体にもそんなに怯えないのに何故、虫でそんなに」

「急に突撃して来る虫は苦手なんです！」

「剣の鞘で叩き落としましょうか？」

そう護衛騎士が言うと、

「待て、光に誘われて来ただけで害意は無いのかもしれない、俺が風魔法で遠くにやる」

殿下がカナブンに似た謎の光る虫に慈悲をかけ、ダメージを負わない程度の風で虫を押し出すように、遠くへやった。

や、優しい。

虫なので灯りに釣られて来たのだろうか？　びっくりした！

＊　＊　＊

朝までに樹液がたっぷり貯まる事を願いつつ、テントで一晩眠る。

エアコン杖のおかげで寒さも無く、快適温度。

朝が来て森へ入り、壺に蓋をして樹液を回収。なかなかの量が取れた。

木の幹に回復魔法をかけて傷を塞いでいく。

樹液を分けていただき、どうもありがとうございました。

ワイバーンで朝の空を飛んで帰城する。

蒼穹の中を行く。雲は白く、青と白のコントラストが綺麗。

先導をする竜騎士様のマントが風に靡《なび》いてて絵になるな。

上空からの紅葉もとても綺麗。

リナルドも私の胸元のポケットから顔を出して景色を堪能しているようだ。

でも頬に当たる風の冷たさや寒さに、そろそろ木枯らしが吹きそうだと思った。

ワイバーンで飛んでいる時の寒さ対策で、お母様が炎の魔石をカイロ代わりに布を巻いて巾着に入れたものを服の下に忍ばせてある。

炎の魔石に魔力を込めてくれたのは、お父様である。

じんわりと優しい熱をくれる魔石カイロのおかげで、体は寒くなかった。

ライリー城のすぐ近くの草原に降り立つと、猫じゃらしのように先っぽがふわふわとした植物が群生していて可愛らしく、まるで絵に描いたように幻想的で綺麗だった。

花いっぱいの食卓

城の手前の広い野原でのびのびとワイバーンを休ませてから、私達はライリーへ帰城した。

お母様にもすぐさま報告に向かう。

「神様に贈り物、お供えをすれば今回はお返しが貰えるらしいです」と話すと、荒唐無稽《こうとうむけい》すぎて、やはり困惑させるばかりであった。

お返しという現物が来てから改めてお話すればいいか。と考える私は、異世界転生なんて不思議な現象の只中にいるので何か麻痺してるのかもしれない。

異世界転生小説で最初に神様と会話する人達もいるなら、こちらも一回くらい贈り物のやり取りがあってもいいのでは？　みたいな。

――と、無理矢理でも今は自分を納得させる。なるようになる。多分。

一応殿下と側近さん達には妖精の冗談かもしれないので誰にも言わないで欲しいと、こっそりとお願いして、了承してもらっていた。

殿下も神妙な顔で頷いてくれた。

この話を知っているのは殿下とその側近五人と私とお父様と、さっき報告したお母様だけ。

とりあえず遅い朝食をすませる。

空を飛ぶワイバーンに今更ながら気を使ってナッツだけ口にして飛んで来た。

最後くらいはと、多少気を遣った。

最後の儀式に参加して下さった殿下とブランシュ嬢の為に、急いで華やかな食卓を用意しようと思う。

ケーキや一部の料理などは亜空間収納に作り置きがあるので、そこまでお待たせしなくて済むと思う。

見た目が可愛くてビタミンCも取れる。

食べられるお花のエディブルフラワーで飾ったレアチーズケーキや、サラダを用意しよう。

以前いただいた植物辞典でも勉強した、こちらでもあちらと同じ植物が沢山あったから、エルフのアシェルさんに色々集めて貰っていた。

花を集めるエルフって絵になると思う。

アシェルさんに集めて貰った色とりどりのお花。

これを贅沢に沢山使う。

金魚草、カラフルでサラダに良い肉厚で、少し苦味がある。

（炒めて食べても良い）

マリーゴールドは真ん中は苦味があるから、花弁を使う。

いわゆる矢車草というか青いコーンフラワー、目にも良いと聞く。

ナスタチウムはふわりと甘い香りでピリリとワサビのような味。

紫が鮮やかなマロウ。甘い香りで実際に甘い。レモン果汁を絞るとピンク色になる。

（ハーブティーにも良い）

ボリジ、紫色で星のような形。滋養強壮効果がある。

カレンデュラ、確か風邪に効く。

見た目の可愛いビオラ、青や赤紫、濃いピンクと淡いピンクのサイネリア。

本当に色々集めて下さったのね、と、アシェルさんに感謝。

花だけではなんなので、お野菜のベビーリーフもエディブルフラワーに混ぜてサラダを作った。

当然ドレッシングも付ける。

これで栄養も沢山取れるはず。

ベーコンと玉ねぎとエディブルフラワーのキッシュも作る。

これも見た目が可愛い。

勿論、お肉もある。

チキンソテーにローストビーフなどを用意してこれらにも花を飾ってテーブルに並べる。

これでもかというほど花いっぱいにした。

＊　＊　＊

軽くお風呂に入って着替えた殿下や、ブランシュ嬢達も食堂に揃った。

今回はエルフのアシェルさんもいるので、顔面偏差値がいつにも増して高い。

「まあ、なんて華やかで綺麗な食卓なんでしょう」

ブランシュ嬢も花いっぱいの食卓に目を丸くして驚いていた。

キラキラの映え食卓である。

「まるで妖精の食卓のようだが、この花達は食べられるのか？」

「はい、食べられるお花ですよ、庭園に無い花はアシェルさんが集めてくれました」

「うちのティアの為にすまないな、アシェル、ありがとう」

お父様もお礼を言ってくれた。

アシェルさんは「楽しかったよ」と、言って柔らかく微笑んでいる。

「本当に綺麗ね」

お母様も花いっぱいの食卓に見惚れている。

完全に女性受け全開の食卓に殿下も不思議そうにしてたけど、食べてみると、「うん、美味しい」と言っていた。

メインの後にデザート。

花で飾ったレアチーズケーキを出した。

「このチーズケーキは以前お土産に貰って食べたのとは違うようだが、こちらも凄く美味しいな」

「本当に可愛らしい上に、凄く美味しいですわ」

殿下も令嬢も皆、目を輝かせて満足そうに言ってくれた。

味的にはレアチーズケーキが一番人気だった。

スイーツは強い。ローストビーフに勝つなんて。

お茶会やお祝いの場にお花を使うのは、凄く見栄えがいいからウケそうだ、とか話は弾んだ。

窓の外では、いつの間にか、まるで白い煙のような霧雨が音もなく降っていた。

静かに、大地の色を濃くしていった。

雨が降ったのが、ライリーの城に戻った後で良かった。

この食事の後に、殿下とブランシュ嬢は王都へ帰る。

ブランシュ嬢は食事の場でも、連れて来た庭師の件について本当に感謝している事や、実はお母様の事を昔お茶会で見てファンになった事などを伝えてくれた。

それで、この儀式の手伝いでライリーの城に来て、お母様にお会い出来て嬉しいとか。

——ああ、お母様のファンだったか！　と、私は安心した。

好きなのがお父様の方だと心配しなきゃならないので。

まあ、お母様は妖精の女王か女神のように美しいので分かります。

いつもお父様とお母様を見てるだけで美し過ぎて、夢見心地になれるのだ。

遅い朝食が終わって、雨もほんのひとときで、いつの間にか上がっていた。

ほどなくして、殿下達は王城へ帰還した。

＊＊＊

自室にて、紙にデザイン画を描く。

神様に贈る服と靴のデザインだ。

私はエディブルフラワーを見て思いついた事がある。

神様に贈る服に新素材の樹液で作った靴も付けようと。

ミュールの踵の部分に花を使う。

透明な樹脂の中に花を封じ込めたお花のミュールである。

前世でもボールペンの中にハーバリウムとかが入ってるのを見た事あるけど、ああいう中のお花が透けて見えてるの、凄く可愛かったし。

先に靴の踵の型を取るのに、土魔法で土を使って形成。硬く固める。

その後、太陽光と魔力のミックスでモールドを形成、太陽光で固める方は、硬度を柔らかく調整できるそうだ。

シリコンみたいな柔らかさにも出来て非常に便利。

型は太陽光で柔らかく作ったけど、実際の靴の踵は硬く強度のある月光と魔力で固める。

女神二柱分、大地の女神に暖色の花の靴。

月の女神に寒色の花で、それぞれひと組みずつ、お花の靴の踵部分を作る。

お花のミュールに合わせて、ドレスも布花で飾る事にする。

色を付けた樹液を固めて花芯部分を作る。

基本は白い絹のドレスだ。

ドレスの形はマーメイド。

花はうるさくならない程度に左胸の上、前襟部分から肩のあたりにかけてひと塊。

それと着脱式の袖の袖口の部分に付けた。

なるべく邪魔にならないところに、差し色のように。

加えて頭に飾るお花の冠は瑞々しい生花で作る。

神様が使う花冠なら、生花でも枯れないのではないだろうか？

ドレスが仕上がるまでお父様の亜空間収納に大事にしまっておいて貰う。

大地の女神様用の服はお花の装飾も靴同様に赤やピンクといった暖色の花をメインに使い、月の女神様の服に使うものを寒色にした。

青系。

白の絹にオーガンジーを重ねる。

オーガンジーの裾には美しく繊細なレースを繋ぐ。

まるで花嫁のドレスのように優美になるはず。

ドレスは縫い上がるのに時間がかかるから、地道に丁寧に縫っていく事にする。

冬の間の手仕事になりそう。

崖の一歩手前

（ギルバート殿下視点）


「浄化儀式の手伝い、大儀であった」

帰城すると、俺は謁見の間にて父王に労いの言葉を貰った。

「ところでまた其方にいくつか婚姻の申し込みが来ておるが、どうする？」

次にさらりと深刻な話が来た。

前にもあったが、全部断って貰っていたはず、まだ今回も一応選択の余地があるらしい。

「一五歳になって成人したら、セレスティアナ嬢を守る騎士になりたいと思っております。故に、全て断って下さい」

「令嬢の護衛騎士になりたいと？」

「はい、私がライリーに移動するなら、私の護衛騎士の五人も、あちらへの仕官を望んでおります」

「……浄化の力を持ち、再生の奇跡を起こす、聖女をも凌ぐ力を持つ存在だ。王家から守護騎士を何人か送っても問題はあるまい、ギルバートよ、精進するがよい」

——許されたようだ、心底ほっとした。

「はい、剣も魔法も精進致します。ライリーで騎士になりたいという打診も、まだ先にしておいて下さい」

「まだ先でいいのか、分かった」

本当は騎士になるだけではなく、彼女と婚約したい、結婚して夫になりたいが、どうも今は難しい気がするし、権力を使って無理強いはしたくない。

普通に俺を好きになって欲しい。

セレスティアナが神様に直接贈り物を出来るようになったとかいう荒唐無稽な話は、彼女本人が妖精の冗談かもしれないから秘密にしておいて欲しいと願い出たので報告はしない。

確かに妖精という存在は、いたずらものだと聞いた事があるし。

彼女を守る為に、同行していた側近全員にも妖精の冗談だと思って、誰にも言うなと厳命しておいた。

彼らもセレスティアナを大事に思っているようだから、勝手に話したりはしない。

俺が願い通りライリーに移動出来たら、同じようにそちらで仕官したいのだ。

貝のように口を閉ざすだろう。

＊　＊　＊

王への謁見、報告も終わって、晩餐の後にテラスでお茶を飲んでいた。

侍女のブランシュ嬢は浄化の仕事の手伝いの後という事で二日ほど休暇を貰っていた。

同じ侍女である仲の良い同僚とお茶を飲みつつ土産話をしているようだ。

ライリーの辺境伯夫人が相変わらず美しかったとか、セレスティアナが本当に愛らしくて、温泉に入った後に父親の辺境伯に頬擦りしてたのが死ぬほど可愛くて、「私にもして欲しかった」とか、「料理が美味し過ぎた」とか、楽しそうに話しているのが少し離れたここまで聞こえてくる。

声が大きい、よほど興奮しているのだろう。

頬ずりしていたセレスティアナは確かに、本当に可愛らしくて、俺も辺境伯が羨ましかった。

ブランシュ嬢は辺境伯夫人が侍女を募集したら行きたいとまで言っていた。

俺だって早くライリーに行きたい。

早く成人したい……。

サロンから移動して自室に戻った。

窓の外を見ると今宵は満月だった。

……胸がざわつく。

彼女は、セレスティアナという少女は……。

崖の一歩手前で穏やかに微笑んでいるかのように感じる事がある。

水の精霊の加護の力を持ち、その力により、魔法で水が出せる者は
「大切な者の死の間際に、死に水をとってやれる」だとか。

火を点けると溶けてしまう蝋燭をお守りとして、わざわざ美しい絵を描いて、

「お守りは、失われる時に最大の効果を発する」

などと言う。

聞くと心がギュッと締め付けられるような事を平然と言うのだ。

天使のような笑顔で。

子供は花の蜜を吸うものだとか、知らなかった事も教えてくれる。

心を捕らえて離さない。

俺の世界に灯りを灯すのも嵐を呼ぶのも水浸しにするのも彼女という存在のような気がする。

崖の側に立ってそうな彼女に必死で手を伸ばして安全圏まで引き寄せたくても、手を取って貰えるか分からない。

彼女は御守りを作ったり、美しい服を作ったり、美味しい食べ物を作って、食べて、愛する家族と幸せそうなのに、時折何故こんなに不安にさせるのだろうか。

こんな感じで不安になるのは俺だけなのだろうか。

そう言えば彼女は邪竜の呪いで死にかけた事があるのだった。

ゾッとする話だ。

呪いは解けているそうだが、彼女の両親は不安になったりしないのだろうか。

彼女の持つ光魔法の素養すら、天に近い存在だと考えると、連れていかれてしまいそうに思える。

何しろ浄化の奇跡まで起こせる。

さらに神様に直接贈り物をしてお返しまで貰える予定まであると聞く。

あの妖精の言う事が戯言ではなかった場合。

夜の森で謎の虫が飛んで来た時に咄嗟に彼女は俺のマントにしがみついてきた。

なんで体の方でなくマントなんだと思ったが、頼られて嬉しかった。

今回はたかが虫を退けただけではあるが、彼女に頼られたり、どんな外敵からも守れる強い存在になりたいと、俺は思う。

春も夏も秋も、彼女はずっと胸を打つ美しさを持っていた。

秋の夜はどうも心細くなるというか、不安定になってしまう。

机の上に置いてある、花の絵が描かれた御守りの蝋燭にそっと触れた。

……セレスティアナ本人にはまだ騎士になって、そばにいたいとは伝えていない。

急に王からまた、婚約の話を問われ、焦ってしまった……。

そばにいる事を、彼女は許してくれるだろうか？

＊　＊　＊

——俺がセレスティアナに感じる不安の理由を、この身でしかと思い知るのは、もっとずっと後の事になる。

冬山の魔物狩り

冬の魔物減らしの狩りの日が来た。

私もこの日までに自衛も兼ねて、近くの森で土系の攻撃魔法の練習もしていた。

石の礫や弾丸を魔物にぶつけて狩っていた。

おかげで冬ごもり用の食料になった。

新しいクリーム色コートとアイスブルーのドレス、虹色銀色鱗のイヤーフック装備で私は王都へ来た。

氷の妖精さんみたいで愛らしいと、お父様とアシェルさんに言われた。

照れる。

狩場、現地への同行者は、エルフのアシェルさんとライリーの若い騎士が三人とメイドのアリーシャ。

彼らと共に転移陣で王都まで行き、それから馬車で狩場の山の麓に来た。

ライリーの騎士からも一人、狩りに参加する。ローウェである。

私に獲物もくれるらしい。

茶髪の騎士ナリオと黒髪眼帯の騎士ヘルムートは私の護衛なので、館で待機組。

ざわざわと多くの人が集まっている。

貴族と令嬢と騎士や従僕達。華やかな集団である。

「必ず君の為に立派な獲物を狩ってくる」とか、「お待ちしてます」

「怪我などなさらないように、お祈り申し上げております」

とかいう貴族の令息と令嬢がそこかしこにいる。

てか、寒い。もう冬なので、吐く息も白い。

殿下を見つけた。

本日殿下は黒い衣装を着ていた。黒騎士みたい。

銀髪に黒が映える。

やはり黒を着てる男の人はかっこよくていいよね、殿下はまだかなりお若いけれど。

「殿下、お守りのハンカチは持って来ましたか?」

側近が殿下に声をかけている。

「汚したり落としたりするのがもったいないから、置いて来た」

「はあ⁉」

側近が呆れた声を上げた。

説教をされてる殿下が私の存在に気が付いて、ここにいるぞ! というように手を振った。

「セレスティアナ嬢、今日はよく来てくれたな。暖かい館で待っていてくれ」

ギルバート王子殿下が側近達と共に早足で歩いて来て、声をかけてくれた。

流石に多くの貴族の目の前で呼び捨てにされると困るから、名前の次に嬢がついててよかった。

「お招きありがとうございます。これは、御守り代わりに持って行って下さい。でも私のなので、後で返して下さいね」

私は自分用のお守りに持って来ていた小さな巾着袋を渡した。

どうせ館でぬくぬく待ってるだけだから、山に入る殿下に渡した方が良いよね。

「ありがとう。必ず返す」

ややして、男性陣の出発の時間。

女性陣からお見送りされて護衛騎士と共に山に入る令息達。

令嬢達は待機用の館に移動する。

なんか知らないけど、こちらをじろじろ見る視線を感じる。

私がまだ若く幼いせいかな。

社交界デビューもまだの小娘が場違いなのかも。

他の令嬢達はデビュタントも終えた年齢の方が多いものね。

まあ、呼ばれたので来ただけだし、気にしない事にしよう。

うちの同行した騎士がカッコイイから、見てるだけの可能性もある。

部屋の暖炉の前のテーブルに、用意されたお茶や食事の味見をする。

「これが、王都の貴族が口にする料理？」

私が興味深いという感じで聞くと、

「だいたいこんな感じですね」

「ええ、ライリーの食事の方が美味しいです」

同行者の騎士二人が答えてくれた。

アシェルさんが、ライリーで使われてる私がブレンドした調味料を出して、ステーキ肉の全てにふりかけた。

「これでよし」

容赦無い味変である。

これを作った料理人が見たらガッカリするかもしれないけれど、まあ、この場にいないからセーフかな。

「うん、ぐっと美味しくなりました」

茶髪の騎士ナリオも容赦無い。味に厳しい。

だが、スープはせめて、そのまま飲もう。

パンはうちから亜空間収納に入れたのを持って来ているから、それを出しておく。

うん、柔らかくて美味しいもんね。

王都のパンは亜空間収納に入れる。記念品か？

暖炉のある部屋でまったり談笑しつつ待っていたら、時が過ぎていった。

そろそろ頃合いだと、バルコニーに出ると、色んな色の信号弾、狼煙が上がってきた。

皆、目当ての令息の信号弾の狼煙の色を確認して外に出る準備をする。

ざわざわとした声と、「化粧直しを！」みたいな侍女かメイドの指示が聞こえる。

「紫と白に青！　殿下の狼煙、確認致しました！」

騎士の声に私も目視で確認した。

「怪我も無く無事に仕留められたかしら、お出迎え致しましょう」

広場に移動したら、色んな魔物が狩られ、令嬢の前に置かれている。

今回の狩りの参加者にはアイテムボックス的な魔法陣の描いてある、風呂敷のような布を王家から貸し出されているから、それに獲物を収納したり出したり出来る。

どうやって運ぶのかと思ってた。肩に担いで来たりしたらワイルド過ぎる。

私の前に殿下が狩って来た中で一番の大きな獲物はサーベルタイガーみたいな魔物、立派な鬣を持つ雄だ。

それに狼系、猪系、鳥系もあった。

やったね、鳥系もちゃんとあるから焼き鳥が出来る！

それになによりもサーベルタイガー系の立派な鬣！

「こんな大物も狩って来るなんて、凄いですね。ギルバート殿下、沢山ありがとうございます！」

「どうだ、気に入ったか？」

殿下はドヤ顔をして得意げである。可愛い。

「ええ、この立派で長いふさふさの鬣、こういう素材が欲しかったので嬉しいです！」

これは本心、作りたい物がある。

殿下の後にしれっと側近とライリーの騎士ローウェが鳥系魔物、大蛇系魔物と狼系魔物、猪系、イタチ系魔物等を私の前に魔法の布から取り出し、どんどん積んでいく。

獲物は山にとなっていった。お肉パーティーができる。

殿下の護衛騎士の方まで私に獲物を貢いでいいのか？

でっかい熊系魔物と鳥系魔物と狐系魔物などを下さった。

かなりの強者とお見受けする。

他所を見ると角のある兎の魔物を発見。

ファンタジー系でよく見るやたらと殺意の高い兎系の魔物こっちにもいた。

見た目は可愛い。毛皮は白くて綺麗だと思う。

殿下もあれは毛皮が白くて綺麗だが、見た目が可愛くてスルーしてしまったと言った。

なるほど、確かに。見た目が可愛いと魔物と分かってても、気にしてしまうよね。

Aランクの魔物がサーベルタイガー系と大蛇系とでかい熊系だった。

このAランク魔物を狩った者達が王家から魔物を減らした功績を讃えられ、賞金の金貨と記念品を貰う。

記念品は勲章と盾のようだった。

ちなみに男性一位は三人が同率一位となってしまった。

ギルバート殿下と殿下の側近のブライアンとライリーの黒髪の騎士ローウェの三人である。

一番立派で多くの獲物を貢がれた令嬢が今回のクイーンなんだけど……。

やばい、クイーンになってしまった。

貢がれたAランクの魔物が三体とか交ざってるせいで、ステージ上で讃えられてしまった。

皆様拍手までして下さる。

館でのんびり茶を飲み、食事していただけなのに申し訳ない。

壇上から見るに、あからさまに「チッ」って顔してる令嬢もいた。

もうほんとにすみません。

でも王家から綺麗な宝石の装飾付きの豪華な短剣と、金貨の入った袋を貰ったのでヨシ！

「キラー・ビーの群れだ！」

誰かが叫んだ！

解散の時間に予期せぬ魔物の襲撃。

しかも虫系！　空を飛んで来る！

「毒針を撃ち出すから気を付けろ！」

「あの毒針に刺さったら死ぬ！」

「女王蜂を狙え！」

悲鳴と怒号が飛びかう。

アシェルさんも弓でキラー・ビーを次々と何体も仕留めるも数が多い！

騎士が炎の魔法を放つも、女王蜂と思われる一際大きい個体が羽ばたきと魔力の乗った風圧に逸らされる。

小癪な真似を。

私は魔力を練り上げ、高めている最中に、逃げようとして足がもつれ倒れた令嬢を見つけた。

私が助け起こそうと駆け寄ると、

「危ない！」

殿下の声が聞こえたと思ったら、駆け寄って両手を広げ、私を背に庇った殿下が女王蜂のゆうに二〇センチはある大きな毒針に突き刺された！

その衝撃のままに私の方に倒れてくるのを両手で受け止め、ガクリと座り込んだ。

「殿下ぁっ!!」

誰かの悲鳴のような声が響く。

毒針は的確に殿下の左胸、心臓部分に突き刺さっていた。

全てが……スローモーションに見えた。

顔を上げて敵を確認。

眼前のキラー・ビーの女王が第二射を、新たな毒針を体内から出しているのが見えた。

『穿て！　ストーンバレット！』

私は眼前上空の敵の群れに右手を突き出し、練り上げた魔力を叩きつけるように攻撃魔法を放った。

散弾銃のような石の弾丸が女王含むキラー・ビー達の体を容赦なく貫通する。

死体となったそれらは、ことごとく地面に落ちた。

「殿下っ！　お守りは！　身に着けて下さいとあれほど！」

赤茶髪の側近が殿下に駆け寄る。

私が殿下に庇われたのは一瞬の事で、王都の護衛騎士すら他のキラー・ビーと応戦中だった為に反応が遅れた。

ライリーの騎士も同様だった。

「さて、狩りも終わったから帰るぞ」

と気を緩めていたせいもあったかもしれない。

「だ、大事ない……。お守りは、持っている」

殿下が倒れて、もたれていた上体を起こそうとした時、

「お守り刺繍のハンカチは、汚したり、落としたくないから置いて来たと言ったではありませんか！」

側近が血相を変えて胸元の毒針を手袋越しに素早く体から抜く。

「⁉　毒針の先端が無い！　まだ体に残って⁉」

慌てて殿下の服の胸元を破る勢いで開く。

「刺繍入りハンカチは置いて来たが、今日借りたお守りが、守ってくれたらしい」

殿下が自分からするりとお守り袋の巾着を胸元から引っ張り出し、中を見る。

「この……金貨が」

それは出発前に私が渡した、以前殿下から貰って使わずに取っていた金ピカの金貨だった。

よくある胸元にたまたま入れていた物に守られた展開まんまじゃん！

「もー！　びっくりさせないで下さいよ！　寿命が一〇年は縮みましたよ！」

私は心配したせいか、軽くキレてしまった。

「すまない、俺の寿命を一〇年やる」

「バカ言わないで下さい！　私の寿命を二〇年あげます！」

「あまり男らしい事を言うなよ、セレスティアナ。こっちが格好つかない」

殿下は苦笑いをしながら言うけど、私はまだ怒ってるぞ。

「何で、魔法を使わず自分の体を盾にするんですか」

「咄嗟の事で、すまない、修行が足りなかった。そちらは怪我は無いか？」

言いながら殿下はスッと立ち上がり、私に手を伸ばした。

その手を取って立ち上がってから、すぐに手を離し、数歩下がって距離を取る。

「私は尻餅をついて服が若干汚れた程度なので、大丈夫です」

アリーシャが慌てて私に駆け寄って、コートやドレスの砂を落とす。

殿下の方も側近が身だしなみを整えてる。

こけて動けなくなっていた所を、私が庇おうとした黒髪の令嬢の方は恐怖で震えているところを、家の者が見つけてお礼を言って、抱き抱えて行った。

腰が抜けていたようだ。

そんな様子を見やって、殿下がばつが悪そうに言った。

「私も尻餅程度だ。新しいコートもドレスも綺麗なのに、すまなかった」

そんな事はどうでもいい。

「……………お守りの刺繍ハンカチをくれるような令嬢がいたのなら、私なんか庇ってる場合じゃないですよ」

「別に貰っていない」

「え？」

「買っただけだ」

そんな切ない事ある？　超モテそうな顔してるのに。

「ギルバート殿下は、結構健気なんですよ」

赤茶髪の側近さんがなんかフォローしようとしてるけど、健気って？

「ちょっと、黙ってろ」

殿下が顔を赤くして側近を軽く睨む。

「殿下――っ！　お守りが必要なら、私のを受け取って下さったら良かったのに！」

なんか知らない金髪巻毛令嬢が突然出て来た。

この金髪巻毛令嬢は殿下が好きみたいね？　私を睨んで邪魔です！　ってオーラを出してる。

「エイミル男爵令嬢、必要ない。お守りなら持っている。今回ちょっと置いてきてしまっただけだ」

「私のお守りなら効果があるはずです！　愛の力で！」

お守りの刺繍ハンカチは受け取り拒否をしていただけでやはり、上げようとしてくれるお嬢さんはいる訳だ。

安心……した？　……胸がざわりとする。

それにしても……愛ときたか、これは退散しようかな。

「いや、最高級のお守りを本当に持っているんだ、今回もうっかり衝撃で倒れただけで無傷だ」

「服が破れてしまっています」

男爵令嬢が無遠慮に殿下に触ろうとすると、殿下の側近が「毒の影響が服に残っているかもしれません、触らないで下さい」と言って男爵令嬢を制した。

「急いで館の室内に移動してその服を脱いで着替えて下さい」

側近がそう言葉を続け、殿下を連れ出した。

「あ、お守り！　金貨は洗ってから返すからな！」

振り返って殿下が叫んだ。

「あげますよ！　元は殿下がくれた物ですし！」

「え!?　じゃあ新品で返す！」

「別に汚れたからとか、毒が怖いとかじゃないですから！」

「後で返せと、渡す時に言ったではないか」

「生きて無事に帰れの意味ですよ！　無事ならいいんです！」

私は胸を押さえて後ろを向き、アシェルさんやライリーの騎士のいる方に向かって歩き出した。

心臓はまだドキドキと、早鐘をうっていた。

雑談と反省会

（ギルバート殿下視点）


冬の夜。

外は寒いが豪奢な自室は暖炉の火によって、十分に暖められていた。

パチパチと火花が小さく爆ぜる音がする。

今夜は側近の男達とお茶を飲みつつ、雑談と反省会をしている。

俺は魔物狩りの日の失態を思い出す。

あの瞬間金貨が熱を持ったのか、胸が熱くなって、毒針が刺さったと勘違いした。

「まあ、死んだと思った訳で、うっかり目を閉じたんだ」

「せっかくセレスティアナ嬢が勇ましく投石魔法のようなものでクイーン・ビーを倒してましたのに」

毒見役を率先してやるエイデンはいつも通り、俺のお茶とお茶請けを先に口にして、確認後に俺の手前に置き直しながらそう言った。

「流石は国の堅牢なる護り手、勇猛なる辺境伯の御息女ですな」

黒くて大きなAランクの魔物のアーマード・ベアをセレスティアナに貢いだ力自慢のブライアン

は、楽しげに彼女を称えた。

ライリーでいつぞや出てきた、油で揚げたジャガイモに塩をふりかけた物を真似して作らせたものを、皆でつまんでいる。

一応、手は汚れないようにフォークを使っている。

クッキーなども置いてあるが、今は男だらけなので塩気のある物の方が今日は人気だ。

「獲物を一番貢がれたクイーンに選ばれたセレスティアナ嬢がクイーン・ビーを倒すという、いや、見ものでしたな」

チャールズもしっかりその瞬間を見たらしい。

「最後の瞬間まで反撃の為にも、目は開けておくべきですよ。殿下はもっと生に執着心を持って下さい」

エイデンはいつも小言が多い。

銀髪の側近のセスなど、大抵見た目通りに涼やかで無口だ。見習って欲しい。

今夜はフライドポテトを黙々と食べている。

「目を見開いた死体が目の前に倒れていたらセレスティアナが怖いだろう、せめて死に顔くらいは美しくと」

そう言った後で、ふと、思った。

「何で自分で刺繍のお守り作れるのに、持って来たお守りが俺があげた金貨だったんだろうか」

——謎である。

「平民が子供にお使いなどをさせる時は、もしもの時の為に、財布以外のお守り袋や靴の中にお金を隠し持たせるという話はありますよ。迷子になったあげく、お金も無しでは飢え死にしかねませんし」

平民とも付き合いがある、気さくな性格の深く赤い髪色をした側近のチャールズは言う。

髪の色味がライリーの辺境伯に似ていて少し羨ましい。

「しかし、平民じゃないしな」

とは言うものの、お金で苦労したようだし、そういう事もあるのか？

「平民のふりをして市場に来る令嬢ですし、こちらも似たような事はしていますが」

エイデンが俺を横目で見て、やれやれ感を出して薄く笑う。

「違いない」

はははと、楽しげに笑う側近達。

セスだけは静かにポテトを食っているが。

——まあ確かに、平民のふりをたまにしてるけどな！　お忍びでな！

「俺が渡した金貨を冬支度に使わずに、貯蓄に回したのだろうか」

「お金は使ったけど、自分の財布から出して、殿下からいただいた金貨を大事に取っておいたとか……」

金髪の美形騎士リアンがロマン溢れる事を言う。

俺の側近の中で一番女性にモテる男だ。

「そ、そんな可愛らしい事を、セレスティアナが？」

「見た目通りに可愛らしい事をしていても、おかしくはないでしょう？」

やたらと女性にモテるリアンが言うと、そんな気もしてくる。

「……まあ、ありえない事もないかもしれないな」

だといいな、と思うと顔が熱くなる。

だが、妄想で一瞬嬉しくなった後に、やらかした事を思い出し、顔を覆って愚痴ってしまう。

「けれど何回か格好いいところを見せたら、護衛騎士にして欲しいと言うつもりが、無様を晒してしまった」

死んだと思って倒れ込むとは、無傷だったのに！

「すぐさま騎士になりたいと、辺境伯に打診しておかなくて良かったですね」

ブライアンも苦笑いだ。

「城に無事に帰り着くまでが、狩りですね」

重く分厚い魔物図鑑を開いて情報の確認をするリアン。

キラービーの項目を探しているのだろう。

「帰り支度でごった返す中、皆浮き足立って、冬に現れる事など滅多にないキラー・ビーの襲撃に戸惑いました」

苦々しい顔でエイデンが言った。

「そうですね、何故冬なのにキラー・ビーが出たのでしょうか？」

魔物図鑑を確認したリアンによるとやはり冬は基本的に冬眠中と記述があったようだ。

「誰かが冬眠中の蜂の巣をつついたとか？」チャールズがそう言うと、

「自殺行為では？」

ブライアンは腕組みをして眉を顰めた。

「謎は残るが、とにかく最後まで油断をしないように」

エイデンもキラー・ビーの数が多く、俺を護りきれずに歯がゆい思いをしたようだ。

皆、それぞれ冬にほぼ活動しないはずのキラービーが群れで襲って来た疑問を口にしつつ、次こそ油断しないようにと真面目な顔で結束する。

「ところで話は変わるが、いつも大抵はセレスティアナの肩に乗ってるリスみたいな妖精があの日いなかったが、何故か知ってるか？」

俺が壁に飾った刺繍を目にして、ふと思い出した事を問うと、

「魔物と間違えられて狩られないように置いて来たらしいですよ。魔力を持っていますし、あの場は知らない貴族も多いので」

チャールズが事もなげに言う。

「チャールズ、何でお前が知ってるんだ？」

俺が問うと、チャールズは人好きのする笑顔で答えた。

「帰る前にライリーの騎士のローウェ殿と、少し話をしたんです」

「あの大蛇系の魔物を仕留めた黒髪の騎士殿ですか」

リアンが魔物図鑑を脇に置き、優雅に紅茶の香りを楽しみつつ言った。

「こちらがまだ知らない美味しいものの情報とか持っているので、たまに話を聞かせて貰ってる」

「チャールズ、いつの間にそんな抜けがけを」

ブライアンがチャールズをじと目で見てる。

「抜けがけって、男性ですよ、皆、話したいなら話せばいいではないですか」

「それで、どんな料理があるんだって?」

エイデンが促すと、一同、チャールズの方を見る。

皆、ライリーの美食情報には興味津々だった。

話は盛り上がって、夜は更けていった。

暖炉の前の人達

女神様へ貢ぎ物の縫い物をしている。

ミシンが無いからチクチクと地道に手で縫っている。

縫い物の最中でも勉強はしたいので、あえて暖炉で暖められたサロンで縫い物をして、入室した騎士や執事等に本を読み上げて貰ったりしている。

イケボも聞ける一石二鳥。

己の時間の有効利用の為とはいえ、ほぼ罠である。

対価に美味しい保存食や飲み物をあげるから許して欲しい。

サロンに新しい人が来たら、さっきまで本を読んでいた人は小休止して、美味しい物を食べて交代出来るので、「新しい生贄が来た」そう言って、ニヤリと笑うのである。

国の歴史、宗教、災害、農業、平民の日々の暮らしを記した本、魔物の生態の本。

その時に知りたい、聞きたい話を指定して、本を読み上げて貰う。

故に何種類かの本をサロンの棚に置いてある。

だいたい一〇年おきくらいに何かの災害が起きてるとか、そういうのを特に真剣に聞いている。

干魃、水害、蝗害など、実に警戒すべきだと思う。

他領に起こった事も大事な情報。

時に医学や薬草の話も聞く。

話題は多種多様で、知識の交換もある程度出来るので、騎士達も嫌がらず、付き合ってくれる。

知識欲という物は大人になって深くなる気がする。

勉強とは勉めを強いるとか書くし、学生時代はやれと言われるとやりたくなくなる。

興味がある事以外は。マジで。

本来は気が進まないことを仕方なくする意味であったとか。

商人が頑張って値引きをする勉強という言葉は江戸時代くらいからあったとかなんとか……そういう事も思い出す。

あ、エルフのアシェルさんも来た。

なんと今日の髪型はハーフアップだ。

イケメンはハーフアップまで似合ってしまうとは。

なんとなくイメージでお嬢様っぽい髪型だと思っていたけど、普通にイケメンにも似合うのね。

ちょっと誰か記録の宝珠で撮影しておいて。

と、視線をめぐらすと、いいところに執事がいたので、そっと宝珠を握らせる。頼んだぞ。

「燻製のお魚美味しいですね」

「肉も美味しい」

「本当に」

この騎士達やエルフの嬉しげな声。

男の人の穏やかで低く、優しい声って安心感ある。

暖炉の火と燭台の色で、部屋全体は優しく柔らかなオレンジ色に彩られている。

私はこのように穏やかで暖かい時間を愛している。

「燻製に使う木材、チップで香りが変わるな」

「うん、これもイケる」

「お嬢様のお飲み物には、この温かい紅茶に生姜を少し入れれば良いのですね？」

「ええ、そうよ」

「ホットワインも出来ました。冬と言えばホットワイン」

「ワインこっちにもくれ」

「俺にも」

「このパン、軽く温めたらめちゃくちゃ香ばしい匂いしてきた」

「ホクホクのジャガイモとバターの組み合わせがヤバイ」

「ほら、香りに誘われてまた新しい生贄がきたぞ」

「よし、交代だ、読み上げ役を交代して食べていいですよね？　お嬢様」

「しょうがないな――、あ、アリーシャ、そのチーズを串に刺して暖炉の火で炙って、パンの上に……」

「あ――、チーズが蕩けて……美味しそう」

否が応にもテンションが上がる。

ハハハハハ。

ここは美味しい物を食べて喜ぶ人の気配に満ちているから、布に針を刺す度に喜びと日々の糧への感謝も繍い込める気がする。

もちろん、布は絶対に汚さないようにと、気は遣うけど。

自分が小腹が空いて何か食べる時には、離れた所に布を移動するし、上に違う布もかけるし。

縫い物と言えば、お母様のお茶会のドレスが仕上がって納品され、もうじき王都に行かれる。

お守りを忘れずに持っていってもらわなきゃ。

「お嬢様、明日の予定は？」

「明日の日中はローズヒップを収穫しようと思うの、リナルドが近くの林にあるって言うから」

浄化後に復活した森や林の恵みの収穫である。

青い空の下、雪の積もる中でもあの赤色は鮮やかで、綺麗で目立つだろうと思う。

ビタミンがとても豊富。

壊血病にも効くって、こちらの世界の人はまだご存知ないようで、でも私は世間でこれ以上は目立ちたくないから、ギルバート殿下あたりに代わりに知識を広めていただけないかな？　と、思う。

隠れ蓑にして申し訳ないけど、人が救われる情報だし、功績にもなるのでは？

ローズヒップでビタミンCが含まれたシロップやお茶を作って、研究チームを作って、治療を検証していただきたい。予算も出しましょう。

面倒くさそうだけど、こういった地道な作業、仕事が将来に繋がり、殿下の後ろ盾となりたい人も出てくるだろうし。

壊血病に悩んでた国民の支持も上がるでしょう。

王家の求心力を上げるのも、王族の臣下である我々の務めですし。

まあ、私のやる事なんて、ただの知識の横流しだから、過分な功績も私には不要。

本当に目立つ事は他者にお願いしたい。

お母様が王城に王妃様主催のお茶会に行く事だし、殿下へお手紙を書いてから渡して頂こうかな。

「アリーシャ、便箋とインクを用意してくれる？」

「はい、お嬢様」

忘れないうちに書いておこう。

そういえば、狩りの獲物のお礼と、庇っていただいたお礼も、文章にしておくべきよね。

あの時は心配したあまり、ついカッとなって軽くキレてしまっていた……。

我ながら不敬……。

あ、クマを下さった騎士、ブライアン様にもお礼状を出さないと!

大きい蛇の獲物をくれたライリーの騎士のローウェには……あの蛇革で財布でも作ってあげようか。

……やる事が多いなと、思いつつ、私はアリーシャがテーブルの上に並べてくれたインクとペンと数種類の便箋を見やって、殿下とブライアン殿で便箋の色は変えるべきだろうなと、目を閉じて考えた。

……普通の白をブライアン殿用にするとして、殿下は何色にする?

脳裏に殿下の命を守ってくれた、金ピカの金貨の色が浮かんだ。

淡い黄色の便箋を、殿下用のお手紙に使う事にした。

手紙

(ギルバート殿下視点)

手紙を携えた銀髪の侍女が部屋を訪れた。

子爵令嬢のブランシュ嬢だ。

何やら嬉しげである。

「ギルバート殿下、ライリーからお手紙です」

俺に渡された手紙はセレスティアナからだったので、内心の喜びを極力隠すように、真面目な顔を作った。

狩りの獲物の礼だろうかと思って、側近からペーパーナイフを受け取り、手紙を開いた。

内容は確かに、狩りの時に庇って貰った件と獲物のお礼もあったが、壊血病の治療、予防、解決策に良いものがあるから治験する組織を作って欲しい旨が書いてあった。

自分は名誉はいらないし、目立ちたくないので代わりに俺が主だって働いて欲しいなどと……。

俺は頭を抱えた。

まるで人の、セレスティアナの手柄を譲って貰うような内容だ。

狩場で俺に命を救われたという事の対価にしてもだ、壊血病の解決策があるなら勲章ものの功績となる気がするんだが。

「手紙で返していい内容かこれ？」

「殿下、嬉しいお知らせではなかったのですか？」

侍女が上品に首を傾げた。

「……名誉欲の無い女だとは思ってはいたが、これ程とは。直接話してみる必要がありそうだ。転移陣を使ってライリーに訪問したいと、先触れを出す準備をしてくれ」

「はい、ライリー辺境伯夫人に言伝でもかまいませんか？　ただ今、王妃様のお茶会にてこちらに来ておられますので」

ああ、憧れのライリー夫人が王城に来られているからブランシュ嬢は嬉しげなのか。

「そうだったな、夫人はこちらに来られていたのだった。では急ぎ、手紙にライリーへの訪問の希望を書くので渡して貰うとしよう」

「ではお手紙の準備を致します」

侍女は速やかに支度にかかった。

側に控えていた側近がなんなんですか？　と視線で訴えて来ているが、わりと重大な内容な気がする。

「とにかく我々は近々ライリーにお供出来るんですね？　嬉しいです」

などと、呑気に側近が喜んでいるところへ、違う金髪の侍女が時間差でブライアンに手紙を届けに来た。

俺は緊急訪問の件で手紙を書こうとしたが、

「お、その封蝋はライリーからか？」と、気になった。

手紙を開いたブライアンの言葉に耳を傾ける。

「そのようだ、アーマード・ベア等をセレスティアナ様に贈ったので、それの礼状だな」

「あー、そうか、俺も何か狩って貢げば令嬢から手紙を貰えたのか」

赤茶髪の側近エイデンが悔しがっている。

お前も彼女からの手紙が欲しいのか。ファンか？

「私は殿下のお供でライリー滞在の際にはいつも、美味しい物を振る舞って頂いたのでお礼にと、殿下のお気に入りの令嬢をクイーンにして差し上げたくてだな」

「クマはともかく鳥系魔物も貢ぎ物にあったし、あちらに行くと鶏肉料理が出そうだな」

「そうだな、唐揚げも串焼きもいいな」

「俺、ピザがいい」

途端に食欲に支配されたかのような呑気な会話が聞こえる。

気を取り直し、ライリー夫人にセレスティアナ宛の手紙を託す為書状を書いた。

ふと、ブライアンの手にある手紙と封筒は両方とも白で、自分宛は薄い黄色であるなと、気が付いた。

何か意味があるのだろうか？

セレスティアナから貰った手紙を大事に宝箱に入れようとして、金貨を目にした。

お守りにと貰って返さなくていいと言われた金貨は、綺麗に洗われ、磨かれてキラキラの金色だった。

金……黄色？　と、考えると、なんとなく手紙の色が腑に落ちた。

暖かみのある黄色の手紙は、彼女の真心なのだろうと思った。

野生のローズヒップ

とある冬の日。
その日私は妖精のリナルドと林にローズヒップを収穫に行く事にした。
外は頬に当たる風も冷たいけれど、エアコン杖もある事だし、お父様の許可も出た。
エルフのアシェルさんと、騎士数人とメイドのアリーシャが同行者。
リナルドは私の肩に乗っている。
私はアシェルさんの馬の前に乗せて貰って、リナルドのナビで林に着いた。
記録の宝珠で撮影もして、後から場所も分かるように記録。
「わあ、あれがローズヒップですか！　赤いですねー。赤い実があんなに沢山」
アリーシャが木に実るローズヒップを見て目を丸くしてる。
どうも初見らしい。
リナルドが私の肩から飛び立って、林の中を飛び回っている、枝から枝へ飛び移る。
流石モモンガ系妖精、自然の中で生き生きしてる。
楽しそうなので、しばらくそっとしておこう。
さて、こちらはローズヒップ収穫だ。

家庭でローズヒップを食用やハーブティにする場合、実の中には種とかなり細かい白毛がぎっしり詰まっているから、これを取り除く必要がある。

この細かい毛が、まれに下痢を引き起こす事があると言われているので。

ただ、この作業は必要無いという説もある。

どちらを信じればいいのか、治験をして調べるしかないのか。

でも飲み過ぎてお腹を下したら可哀想だとも思う。

前世の記憶を脳内で辿る。

偽果とも呼ばれる果実の部分を、かるく潰した状態で新鮮なうちに乾燥させ、中の種子部と小毛の部位もそのままに使い、メディカルハーブとして使う。

「効能は美肌、風邪、ストレス、疲労、冷え対策、血管の若返り効果、抗酸化作用、抗腫瘍作用等」

私は収穫を手伝ってくれる皆に効能を説明しながら収穫していった。

壊血病の事のみを抜いて。

これにまつわる功績は、人に譲りたいので。

ひととおり収穫が終わり、はあ、と深く息を吐いた。

吐く息は白い。

リナルドが私の肩に戻って来た。

収穫の場所をエアコン杖で暖めて大丈夫か分からなかったので、離れてから使用する。

収穫したローズヒップはアシェルさんの亜空間収納にお任せした。

「お茶を飲んで軽く休憩してから、城に戻りましょう。お茶のお供にはブッセを用意してあるの」

「ブッセ?」

「ひと口サイズのサクふわお菓子よ」

「新しいお菓子、嬉しいです」皆期待しているようだ。

アシェルさんに収納してもらっていたブッセや、お茶の道具を出して貰う。

お菓子を作る為には、やはり、ハンドミキサーを開発すべきだと思った。

疲れるし、料理人が大変だもの。

手本に少しかき混ぜて見せるだけでしんどい。

女神様の服を縫い終わってからの課題。

「まだ収穫したばかりのローズヒップは加工してないので普通に紅茶に生姜を入れて飲むわね」

お母様も今頃王都で王妃様主催のお茶会ね。

淡い紫色のドレスや、魔魚のイヤーフック、指輪の評判はどうかな?

お母様の新しいドレスは白い花と葉の刺繡レースが、縦に連なって、つる性の花のように紫のドレスを飾っている。

とても美しくエレガントな仕上がりになったと、自分では思っている。

お父様も「私の妻が美し過ぎる」と、ドレスを試着したお母様を見て惚れ直していたから、大丈夫だとは思うけど……。

ドレス姿の美しいお母様の姿を思い浮かべてお茶を飲んでいると、新しいお菓子のコメントを貰った。

「本当にサクッとしてるし、ふわっともしてて、面白い食感で美味しいですね」

「マロンクリームとレーズンクリームの二種があるんですね、どちらも美味しいです」

「見た目も可愛くていいですね」

皆、口々に新作のお菓子を褒めてくれた。

それに、周囲の穏やかな笑顔を見ても、成功だと確信出来た。

ちなみにリナルドには葡萄の実をあげる。

この妖精はこういう実を好んで食べるようなのだ。

嗜好品として。

基本的には魔力が有れば食事の必要は無いのだけど、皆が食べている時に何も無いと寂しいだろうと思って、何かあげている。

食べている姿も愛らしくて癒されるから、騎士達も葡萄をちぎっては、我も我もとリナルドに渡して、嬉しそうにしている。

イケメン騎士達よ、その大きい体で、小動物系妖精にメロメロで、可愛いじゃないの。

ふふふ。

微笑ましいし、絵になるので記録の宝珠で撮影もする。

乙女ゲームならスチルにしても良い感じ。

温かい紅茶とブッセでお外ティータイム。

晴れてて良かったなあ、と、気持ちの良い青い空を見上げて思った。

訪問。

お母様がお茶会から帰還した。

手紙を預かって来られて、殿下が壊血病の件で話があるそうで。

「わざわざお越しいただく事になってしまい、申し訳ありません」

殿下がライリーまで来られたのでサロンで応対している私。

「それは構わない、問題は、こちらが壊血病の件での功績を総取りみたいな条件での申し出とか、おかしいだろう。何を考えているんだ」

「何をと言われれば、手紙に書いた通り、私は名誉はいりませんし、これ以上目立ちたくないので、隠れ蓑になっていただけたら助かりますと」

「……はあ、手柄を譲られて俺が喜ぶとでも？　男として立つ瀬が無いのだが」

殿下は深く溜息をついた。

「いえ、私を助けて、更に、壊血病で苦しむ人を助けていただけたらと」

「其方を助ける？」蒼穹の瞳が真っ直ぐに私を見た。

「大地の浄化の奇跡だけでも目立って仕方がないのですが、壊血病までどうにかしてしまったら、私を才女だと勘違いした人が増えるかと」

「そこは、才女というのは間違いではないのでは？　違うなら何故そんな知識がある？」

「それは、その……、うちの森の妖精は植物に詳しいですし、ローズヒップのある場所も教えてくれたんですよ」

壊血病にはビタミンCの爆弾と言われるローズヒップが有効だというのは、前世の知識だとも言えず、私はリナルドに聞いたふりをした。

リナルドは今はただ、目の前のテーブル上で葡萄を食べていて、一言も喋らない。

多分空気を読んで黙ってくれてる。

「確かにこの妖精なら、そんな知識を持っていても不思議は無いが、しかし、いくらなんでも功績独り占めの挙句、資金まで援助されるのはな」

「でも、人を集めて研究チームを組織して、被験者集めて、治療して、経過観察、レポート制作とか、実際面倒な事をやったり、人を指揮する方が大変なんですよ。私なんか聞いた知識を横流しするだけで、別に偉くないのです。面倒な所を他者に、殿下にお願いしようとしてるんですよ」

私が色んな事を主導でやると悪目立ちするから。

殿下が目を閉じて指で眉間を押さえる仕草をしている。

思案中かな。

あと一押しかな？　更にたたみかける為に言葉を続ける。

「あ、あと、才女だと勘違いされたら、求婚者もまた増えてしまうでしょうし、面倒だなあと」

殿下は一瞬大きく目を見開き、「……求婚？」と、いつもより低めの声を発した。

「浄化の奇跡を行ったり、数少ない光魔法の使い手なせいもあるのか、社交界デビューも前だというのに求婚者が多いので、困っているのです」

「……分かった。俺が隠れ蓑になればいいのだな？」

あ、困ってますアピールが効いた！

「こんな面倒な事、引き受けて下さるのですか⁉」

やっぱりギルバート殿下は基本的に良い人だわ。

「ただの……人助けだ」

「ありがとうございます！　流石です！　人助けの為に動いて下さるなんて」

「……はぁ、まあ、とにかく、資金も人集めも研究もこちらでどうにかする。何か困ったことがあれば知恵を貸してくれたらそれでいい」

「はい、私で出来る事でしたら」

そういう事で話は纏まった。

——ああ、良かった。断られなくて。

他にこんな面倒な事頼める知り合いとかいないし。

「あ、お茶菓子をどうぞ、ブッセです」

大事なお話の最中なので、殿下はまだお菓子に手を付けていなかった。

「初めて見るお菓子だ」

「失礼致します」

沈黙して控えていたいつもの側近さんがお茶とブッセの毒見をする。

「……美味しいですね。殿下、問題ありません」

側近の様子を横目で見やり、殿下はブッセを口に入れた。

「サクふわで……美味しいな、面白い食感だ」

「お口に合ったならようございました」

「……いちご味？」

「はい、殿下、以前パンケーキに付けるのにいちごジャムを選ばれたので、お好きなのかと」

「……まあ、嫌いではない」

何故素直に好きと言えないのか。複雑なお年頃か？

「あ、この箱に入っているのがローズヒップです、お持ち帰り下さい」

一応現物も見せて渡さないとね。箱を開けて中にある実を見せる。

「赤いな」

「はい、これは赤いですね。オレンジもどこかにあると思いますよ。私は今回冬に収穫しましたが、本来なら春に花が咲き、その後に実が出来、秋に熟して収穫となります」

「詳しくはこちらの資料にまとめておきました」

私は箱に続いて紙の束を渡した。

中身を確認後、狩りの時に目にした魔法陣を描いてある布に箱と紙束を置いて収納した。

「俺はあの金貨の御守りに命を救われた。借りを返そう、隠れ蓑として、盾として、働く事にする」

美しく真摯な瞳で言われた。

「あ、ありがとうございます。晩餐を良ければご一緒にどうぞ。

鳥系の魔物がいましたし、ピザと焼き鳥……というか、串焼きをご用意しますよ」

「ありがとう、うちの側近もピザが好きらしいから、喜ぶだろう」

殿下が柔らかく微笑んだ後方で側近さん達も満面の笑顔であった。

よほど嬉しいのね。

ピザが大好きな側近さんの事も気にかけている優しい上司なのだと、改めて思った。

冬にて春を想う。

殿下とご一緒した晩餐には人気の高いピザや串焼きをお出しした。

先日の狩りで鳥系の食べられる魔物肉とかも沢山いただいたので、それを使ったのだけど、ピザが楽しみだったらしい側近さん達の反応が可愛かったな。

晩餐の席では、殿下からお茶会に参加された方々のお母様の新しいドレス等への反応も聞けた。

殿下はお茶会に参加してないから聞いた話という事だけど、やはりとても美しくて評判が良かったそうだ。

流石私のお母様である。

殿下達が王都に帰る際には、お土産に保存食のお魚の燻製も側近さん達と食べられる分を差し上げた。

何しろ壊血病対策を引き受けて下さったのだし、少しでもモチベを上げて貰おう。

軽く炙って食べると美味しいとも伝えている。

親しい者達と過ごす時の、ほんのひととき分ではあるけれど、冬の楽しみになればいいなと思う。

＊＊＊

翌日の朝食には料理人に言って、ファイバス、ご飯と野菜炒めと味噌汁を出して貰った。

先日ピザというハイカロリーな物を食べたので調整である。

でも朝を控えめにしたらまたハイカロリーな物が食べたくなってしまった。

厨房にお願いして昼にはカツレツを作って貰う。

私は一体何をしているのか……。調整とは。

また揚げ物である。

でもサクサクジューシーで美味しかった。

うちは揚げ物をわりとするので、使い終わって取って置いた油を蝋燭にして再利用してる。

お庭キャンプの時とかにお外で使ったりする。

市井の市場とかでも主婦達が獣油を捨てずに取っておいた物を、その場で蝋燭にする、蝋燭作り屋さんとかを利用している訳だし。

贅沢に油を使ってしまっているし、再利用出来るものはしようという方針。

鶏小屋の床に敷いているおが屑やファイバスの籾殻《もみがら》も鶏糞と混ざって畑の良い肥料になるので使っている。


——ところで……。

冬だからと室内に引きこもってばかりではアレかしら。

神様へ捧げる縫い物仕事もあるから仕方ないけど、うーん、魔木の樹液のあれで、やや弾力を持たせる事が可能なら、バドミントンみたいなスポーツ用の遊具が作れないかな。

牛の腸という天然繊維でナチュラルガットを作るのでもいいけど、天候に左右されるとか聞いた事があるような。

とにかく、庭や野原で遊べる道具が欲しい訳である。

私の場合は点の取り合いより、のほほんとラリーをしたいだけなのだけど。

軽く遊びながら運動にもなって、カロリーが多少なりとも消費出来ればいい。

気休め程度でも良い。

——ああ、野原と言えば、春になったらピクニックにも行きたいな。

でも遊んでばかりではいられない、大事な公共事業の事も考えないと。治水とか。

つらつらと考えて時を過ごす。

＊＊＊

お城のサロンでお茶の時間。
お父様とお母様にも紅茶のお供にブッセを食べて貰う。
先日のローズヒップ狩りにはお二人がいなかったので。
マロンクリーム、レーズンクリーム、イチゴクリームの三種の味。
「あら、可愛いお菓子ね」お母様が丸いブッセを見て柔らかく微笑んだ。
お父様が先にブッセをつまんで口に入れる。
「うん……、面白い食感だ。私はマロンクリームのやつが特に好きだな」
「……どれも美味しくて……一番を決めるのは難しいわね」
高評価に私も思わずにっこり。
「春になったら……花畑でピクニックとか、野苺狩りとかしたいですね」
などと上機嫌で口に出したら、テーブル上で苺を食べていたリナルドが、
『まかせて、春になったら良い場所を教えるから』
と、請け負ってくれた。
楽しみ！
小さい弟も春には少しくらいお外に出してあげられるのでは？
景色の良い所で日向ぼっこさせてあげたい。

「ティアったら、もう春の事を考えているの。でもそうね、確かにライリーの大地が浄化されて自然も美しくなったし、ピクニックもいいかもしれないわね」

お母様も気が早い私に半分呆れつつも、いずれ来る春を思えば悪くは無いと思っているようだ。

「そうだな、時間を作って出かけられるようにしよう」

お父様も賛成してくれた。

「ところで木工職人に新しい物を作って欲しいのですが」

「また何か作りたいのか」

お父様は今度は一体何を作らされるんだと、私の顔を見る。

「えーと、砂糖を使ったお菓子や、揚げ物とかもよく食べますし、運動も多少はしようかなと。その遊具です。お父様とか騎士達は朝から鍛錬とかしてますから大丈夫でしょうが、最近縫い物ばかりの私としては……」

「何だ、遊具か。そうは見えないが……太ったのか？」

お父様が私の体を上から下まで見てくる。

「代謝がいいのか不思議と太ってませんけど、そうならないようにですよ。揚げ物やお菓子を作るようになってからはメイド達も体型を気にしていたようですし」

部屋で控えているメイドが、ハッとした顔で反応してる。

でもお菓子と言えばハンドミキサーも欲しいのだった。

「太らないようにと言いつつも、お菓子作りの道具も作りたいので、今度設計図を描きますね」

バドミントンの方は木工職人にお願いして、ハンドミキサーの方はお父様の知り合いの、手先の器用なドワーフさんか、セイマイキでお世話になった天才錬金術師あたりにお願いしよう。

どちらかスケジュールに余裕がある方に。

「商品化するのなら、また収入が増えそうだな」

「商品化して収入を増やしていきましょう。そしてまとまったお金が出来たら治水工事もやりましょう」

「治水か、確かにせっかく領地が蘇っても災害が起こると台無しになりかねないし、人命に関わるからな」

治水は大事だって前世で昔のえらい人も言ってた。

ただ、ライリーは瘴気のせいでろくに税収が無くて、そっち系はあまり出来てなかった。

これからは作物の実りも良くなるし、なんとかなるでしょう。

頑張って領地をよくするぞ。

……ハッ!!

思い出した。

スパリゾートも作りたいのだった……！　やりたい事が多い！

頑張って予算を増やすぞ！

恋文

【閑話】（ギルバート殿下視点）

「おや？　殿下、あちらにいる銀髪の方は確かライリーの騎士では？」

側近のエイデンの声に釣られて視線を追うと、王城の青白い廊下で袋を抱えた侍女らしき女と立ち話をしているのは、確かにライリーの騎士レザーク殿のようだ。

足が長くて背も高い上に、輝くような銀髪の美形だからよく目立つ。

「レザーク殿」

女性と一緒ではあるが、王城で見かけるのは珍しいので、銀髪の美丈夫に声をかけてみた。

「ああ、これはギルバート殿下」

「今日は王城に何か用事でもあったのか？」

侍女は空気を読んで、頭を下げ、大事そうに袋を抱えて去って行く。

レザークは侍女に声をかける事も追うそぶりもなく、こちらを見てボウ・アンド・スクレープで礼をする。

実に優雅で絵になる男だ。

「王城に勤めている姉に届け物がありまして、ライリー産のシャンプーとリンスと石鹸などを」

そう言って、にこりと笑った。

ああ、確かライリー城に勤める身内に代理購入を頼むと、安くなるのだったか。

王都でも人気の品だ。たまに香りの違う新商品が出る。

「そうか、レザーク殿に時間があれば、一緒にお茶でもどうだろうか？」

ちょうど昼の三時くらいで小腹の空く時間だ。

立ち話もなんだしと、セレスティアナの話が聞きたくて、ついお茶などに誘ってしまう。

「ええ、用事は終わりましたので、おおせとあらば」

王城にあるサロンに移動してお茶を飲む事にした。

豪奢なサロンの窓から午後の光が差し込み、紅茶の香りが広がる。

お菓子はカヌレが出されている。

「最近セレスティアナ嬢と何か話はしただろうか？」

前回本人と会ってから、まだ一五日くらいしか経ってはいないが。

「ええ、冬の間はよく美味しそうな香りに誘われた騎士がサロンに入ると縫い物をされているのですが、時間を有効利用すべく本などの朗読をさせられていて、内容は多岐にわたります」

「絵本や小説ではなく？」

「どちらというと、勉強ですね。医療、災害、農業技術、治水、平民の生活に関する事など」

「年頃の令嬢の話と言えば新しいドレスやアクセサリー、王都の新作お菓子や男の話ばかりだと言うのに、ライリーの令嬢は立派だな」

「あ、男の話と言えば、普通に乙女らしい事も言っておられた事もありましたよ」

「ほう?」どこの男の噂話だ?

「恋文の話なのですが」

——何だと?

急に体温が下がって、血が冷えたような感覚に襲われる。

「誰かから、恋文を貰ったと? 縁談の申し込みではなく?」

「いえ、お嬢様ご本人のお話ではなく、お母様のシルヴィア様とお話しになられていたのが、物書きの女房の話で」

「物書きの女房?」

「ええ、とある小説家の妻が、結婚前に熱烈な恋文を貰っていたという話を奥方様にされていたのです。その話の流れでお父君から母君宛に恋文を貰った事はあるか伺っておられて」

何だ、本人の話じゃ無いのか。

「……それで?」

「シルヴィア様のご両親に結婚の許しを貰う為、会いに行く。という内容の手紙を貰った事ならあるわ、それに愛の言葉もあったとか……」

何故かレザーク殿が照れている。そこで照れるなら、ここにはおられないが、辺境伯の方では。

「つまり、その、セレスティアナ嬢が自分も恋文に憧れて、貰ってみたいという雰囲気だったのだろうか？」

「話にはまだ続きがありまして。物書きの妻が亡くなる前に遺言で、生前に夫から貰った恋文を、墓に入れて欲しいと残していて、後世にもその出来事は語り継がれているそうです」

レザーク殿はそこで一旦会話に溜めを作った後に、言葉を続けた。

「お嬢様は、その物書きの妻は今もずっと、墓にて夫から貰った恋文と共に眠り続けている。という話を目を潤ませて語ったのです」

「大変、ロマン溢れる話だ。つまり、恋文に憧れているという事か？」

レザーク殿は少し首を傾げた。違うのか？

「その話をしていたお嬢様も、聞いていた奥方様も感極まったのか、お二人ともが滂沱の涙を流していました。確かにドラマチックな話ですが、そばで聞いていただけの私は慌てました」

……母娘で感極まりすぎて面白いな。

しかし、クールそうな辺境伯夫人もそういう話で泣いたりされるのだな。

「さらにお話の着地点が、平民の識字率を上げて文字の読み書きを出来るようにしたら、平民だって、そういう恋文を貰ったら宝物にして、お墓にも入れて貰えるのにとか言っておられました」

「識字率を上げる……」

ただの恋の話ではなかったのか。

「他にも、研鑽した農法や医療技術なども記録として残しておけば、後の伝達にも役に立つとか、大事な情報が不慮の事故等で失われてしまわないように書き記すのは大事だとか」

「ロマン溢れる話から、ずいぶんと現実的な話になったのだな」

「そうですね、根が真面目なのでしょうか。最近印象的だった話がこんな感じです」

「退屈しない職場だな」

「正直楽しいです」

そう言って朗らかに笑った後に、「そちらの、お嬢様に託された医療計画は順調でしょうか？」

と、斬り込んできた。

壊血病に関する話を彼女から聞いて知っているのか。

俺は気を引き締めて返答をする。

「ああ、姉上の嫁ぎ先の公爵家にも協力を頼んでいるし、優秀で熱心な人材に色良い返事を貰った。そちらから提出されたレポート通りに、遠洋漁業の船乗りに患者が多いし、芋づる式に被験者は多く見つかった」

「では、万事、滞りなくと報告して構いませんか？」

引き受けてからまだ一五日程度しか経ってない割に迅速に進んでいると思う。

「ああ、今のところ順調にいっている」

眉目秀麗なこの男、突然言葉で斬り込んで来るようなところが油断ならない。

流石騎士、驚かせてくれる。

……値踏みされているのかもしれない。

せいぜいガッカリされないよう、堅実に仕事をこなそう。

一番大事な相手から託された案件だし。

「今日は急に茶飲み話に付き合わせてしまったが、興味深い話を感謝する」

「グランジェルド王国に栄光あれ」

レザーク殿はにこりと微笑み、騎士然として緋色のマントを翻し、帰って行った。

騎士の纏う赤いマントは、何時でも血を流す覚悟があるという意味を持つ。

叙任された時に王から賜る物だ。

俺も彼女の、セレスティアナの為なら何時でも血を流す覚悟はあるのだが……。

サロンから移動して大理石の敷き詰められた廊下でコツコツと踵の音が鳴る。

エイデンが俺の左隣を、他の側近は後ろからついて来る。

「それで、ギルバート殿下、恋文を、かの令嬢に書くのですか？」

ライリーの騎士が去った後で、エイデンが遠慮も無く訊いてくる。

「ま、まだ先日の狩りで死んだと勘違いして倒れた記憶も新しいだろう。もう少し、何かいい印象を重ねてからでないと……そういうのは……難しい」

思い出すと羞恥で顔から火を吹きそうだ。

血を流す覚悟はあれど、恋文を書く勇気はまだ無い。

そもそも恋文とは何歳くらいから書くのが普通だろう？

早すぎやしないか？　いくら貴族の婚約が早いと言っても。

「左様ですか、まあ攻撃は最大の効果が見込める時にした方が効率は良いですね」

……攻撃って……でもそのくらいの意気込みで挑むべきか。

ふいに靴音に混じって雨が降り出した音が聞こえた。

「……まずは、地固めでしょうね」

美しい金髪の騎士、リアンの声がいつの間にか俺の右隣から聞こえた。

背の高い大人の騎士二人に両脇を挟まれた。

圧を感じる。

天空から落ちる雨が地面を叩く様を窓越しに一瞬見て、俺は「そうだな」と頷き、前を向いた。

欲しい物が多くて困る

今夜もサロンで神様に贈るドレスをひと針ひと針縫いながら思案にふける。

さっきまで私の為に本を朗読していた騎士達は休憩してお茶を飲んでいる最中。

「あ！」

「お嬢様、どうしたんですか？」

騎士ナリオがこちらを振り返って言った。

「今年の冬はもう自分で魔法も使えるので聖者の星祭りに行ってもいいのかしら」

「さあ、それは辺境伯に聞いてみませんと、行くなら喜んでお供しますよ」

いち早くナリオが同行の希望する旨を言った後に、

「いや、それなら俺が」「いや、私が」

騎士達がこぞって祭りに同行しようと声をあげる。

「ありがとう、まだ許可を貰ってないから、落ち着いて」

騎士達を制止しつつも、要するに身を守る事が出来ればよいのでは？　と、私は考えた。

屋台！　お祭り！　お忍び！

まず、乙女ゲーでもアニメや漫画でもお祭りイベントは重要ですよ。

デート相手に今はこれが精一杯とか言われて、おもちゃの指輪を買って貰うやつとか。

まあ、デート相手とかいませんけど！

お祭りに付き物の花火とかがあるのかも分からないけど！

この世界では銃や火薬を使ってる様子が無いから……花火は無いかな？

でも火薬を広めたら戦争で怖い事になるのは分かるから広めるなら魔法の光で花を咲かせる方ね。

視覚的に綺麗なだけなのでこちらなら害は無いはず。

多分。

作業を一旦休憩にして、夜の執務室へ向かう。

サロンにも来ないし、お父様はまだお仕事をしてるんだと思う。

＊　＊　＊

「まだ屋台を諦めてなかったのか」

お父様は書類から顔を上げ、私を見てそう言った。

屋台ラブすぎて申し訳ない、祭りはやはり良いものですよ。

皆楽しそうで独特の雰囲気が良いと思うので。

「お忍びで行きたいのです、城は貴族が怖いからなるべく近寄りたくないのですが」

じっと見つめる私の懇願する視線に……負けて下さった。

「……仕方がないな、護衛は連れて行くのだぞ」

やった――っ!!　わりとあっさり要求が通った。

キラー・ビーの女王を倒して評価が上がったのかな？

「またお忍びかい？　じゃあSランクの私が今回も同行しよう」

毎度突然扉付近から現れるエルフ!!

「アシェルさん！　今回もお世話になります！　今回は姿変えの魔道具で違う色を試してみたいのです」

「違う色？」

「お母様の配色です、青銀の髪にブルーグレーの瞳」

私はニッコリ笑って言った
「何故、その色を？」

お父様が不思議そうな顔をする。

「お母様の色って神秘的で綺麗じゃないですか！　たまには気分を変えて髪色と目の色変えるのもいいと思うのです！　お祭りですし！」

お祭りとあらば、コスプレっぽい事をしたくなったのである。

オタク心。

だって前世はコスプレ出来る容姿は持ってなくて人の服を作ったりドール服を作ったりしてたんだけど、今世は顔が良いのだもの！

少しくらい見栄えの良さを利用して遊んでもいいのでは？

「まあ、確かにシルヴィアの姿は氷の精霊の女王のように美しいから冬の星祭りには似合うだろうが」

お父様はまだ、困惑気味な顔のままだ。

「でも、ティア、その姿で屋台の串焼きを食べるつもりなのかい？」

アシェルさんが笑いながら聞いて来た。

はっ！　そう言えば！

「ああ～」

「深く考えずに色を変えようとしたんだな」

お父様が苦笑いする。

屋台を取るか、お母様のコスプレもどきを優先するか。

「教会や王城内の会場ならともかく、城下街の方に高貴な雰囲気の姿は浮くと思うぞ」

「茶髪で行きます……」

「青銀の髪にブルーグレーの色は、新年のお祭りの時にライリーの城内で披露すればいい。シルヴィアの隣に並ぶと色がお揃いで可愛いと思う。ティアはそのままでも、とても可愛いけどな」

可愛いいただきました！　ありがとうございます！

ところで……

「新年のお祭りとかあったんですか」

「経費削減、節約の為にしてなかっただけだ」

お父様にそうあっさり言われた。

そうか、何か変だなって思ったわ、新年のお祭りが無いの。

「じゃあお母様の色は新年のお祝いの時にします」

「ああ、それが良い」

お父様が甘やかに笑った。

イケメン！　ファンサありがとうございます！

「ところで色を真似される本人の許可はいらないのかな？」

アシェルさんが私の横に並んで問うてきた。

「え、お母様は怒るか、嫌な気分になりますか？　私という実の娘がやるのでも？」

「いや、本人じゃない私には分からないけど」

ごもっともな意見ね、アシェルさん。

じゃあ、本人に聞いてみましょう。

こいつアホかなって思われる可能性は確かにある。

＊＊＊

結果として翌朝の朝食時にお母様の許可は出た。何か笑ってたけど。笑うところかしら？

はて？　私がアホ過ぎて笑えたのかな？

＊＊＊

部屋に戻ってから、以前殿下に誘われてお祭りに行けなかった過去があるので、一応お忍びで当日夜何時に教会の転移陣を使う旨を手紙に書いて連絡をしておこうと、文机の前に座った。

便箋とインクを用意。

待ち合わせじゃないけど、殿下も忙しいでしょうから、顔見せに一瞬くらい来るかもと思いつつ、羽根ペンを動かす。

来てくれたら、壊血病の件でもお世話になるし、新しいお守りとケーキでも贈らせていただこう。

アシェルさんが同行してくれるし、亜空間収納に物を入れて貰えるから、もし、来れなくてもケーキとかも荷物にはならないし。

……一二月末にあるお祭りって、なんとなく前世感覚ではクリスマス。

クリスマスマーケットではホットワインを飲んだり、綺麗な絵のキャンドルホルダーを買うのが好きだったな。

あの鮮やかなキャンドルホルダーが並ぶ姿は本当に綺麗でワクワクしたものだ。
クリスマスの飲み物といえば、ホットワイン。
ワインのカップは返却するとお金が戻ってくるデポジット制ってなかなか良いと思う。
お土産として持って帰ることもできるのも嬉しい。
使い捨ての紙コップと違い、ゴミにならないし、記念品にもなる。
手紙を書いて、遊び心でサインの横にデフォルメの猫ちゃんの顔を描いた。
……猫好きなので。
手紙を書いたらひと仕事終わった感がある。
あ、でもバドミントンとハンドミキサーの設計図と計画書も用意して提出しないと。
やる事が多くて分裂したい。
分身の術とかあれば良いのに。
とりあえずハンドミキサー優先すべきね。
何故ケーキを作る前に制作しなかったの私！　段取りが悪い！
なんとなく祭壇に目をやる。
ふかふかした苔の緑色がとても綺麗で可愛い。
冬は空気が乾燥するから苔がちょっと心配。今は元気だけど。
水を補充する。
……やはり、霧吹きが欲しい。

まだ作れてないけど化粧水を作った場合も、やはり霧吹きは欲しいと思うかも。

この世界、使いたい道具が足りなさ過ぎるな。

作りたい物メモに霧吹きを追加しよ。

お父様の色

ハンドミキサーと霧吹きの設計図と説明書を書いた。

バドミントンはまだ先送り。

こんな事ばかりをやってると、私、商品企画部の仕事をする人みたいな気がしてくる。

設計図と説明書をお父様に提出した。

それから、マカロニグラタンが食べたくて厨房へ行った。

冬ってマカロニグラタンが食べたくなる。お昼ご飯はマカロニグラタンを作ろう。

本格手作りホワイトソースを使ったホワイトグラタン。

別に市販のソースが有ればそれでいいけどここにそんな便利な物は無い。

厨房で料理人達の見守る中、グラタンを作る。

鶏肉、マカロニ、小麦粉を入れ、粉気がなくなるまで焦がさないように混ぜながら炒めて美味しいホワイトソースを作る。

材料。

鶏モモ肉、マカロニ、玉ねぎ、塩、胡椒、ピザ用チーズ、パセリ、油、バター、牛乳、小麦粉。

マッシュルームが好きな人は加えると良い。

きのこ系が入っていた方が食感と香りが良いとされているので。

ここでは材料が無かったので省略する。

フライパンに油を入れて熱し、鶏肉を入れて肉の色が変わるまで、一分ほど弱火で炒める。

玉ねぎを加えて、それが透き通るまで炒め、マカロニを加えて油が全体にまわるまで炒めて取り出す。

フライパンの汚れを拭き取る。

キッチンペーパーが欲しい。

しかし、無いので清潔な布巾を使う。

バターを入れて熱して、薄力粉を入れ、粉気がなくなるまで混ぜながら中火で炒める。

牛乳をダマにならないように三回に分けて加える。

とろみが出るまで混ぜながら加熱し、塩を加えて味をととのえる。具を戻し入れて、混ぜる。

耐熱皿に具を入れて、チーズをのせ、オーブンで五〜一〇分くらい焼くか、または二五〇度くらいに予熱したオーブンで約一〇分、チーズが溶け、表面にこんがり美味しそうな焼き色がつくまで焼く。

完成したら彩りにパセリを散らす。

料理人達に味見をさせる。

湯気の立つ、グラタンをふーふーして食べる。

「美味しいです！」「焼けたチーズ最高」「幸せ」

満場一致で美味しいという評価のようね。今回も問題無し。

この料理は聖者のお祭り当日にも使って欲しいと料理人に伝えておく。

当日は鶏肉の丸焼きもやって貰うから、具材の鶏肉をむきエビに交換してエビグラタンにして貰う。

昼食にお父様やお母様にも食べて貰って、好評で良かった。

「秋冬に頻繁に食べたくなる気がする」って言われた。

そうですね、まあ春にも食べたくなったら食べるけど。

さて、お祭り当日はもちろんライリーの皆とも軽くお食事してから、祭りを覗きに行く。

……屋台の料理を食べる余地を残しておかねば。

さて、城で着るドレスの色はどうしようかな、やはり白っぽいのがいいの？　クリスマスを意識するなら赤かグリーンも良いけど。

お忍びは平民風だからあり物で適当にフードを被って……。

殿下にも見られる可能性がある方をあり物ってどうかとも思うけど。

いや、待て、またその服見た事あるって言われたら死ぬ。

いや、死なないけどかなりの心理的ダメージを受ける。

あり物をやや、改造する……。

中古の服屋とかも見てみたいな。ラテカラーの服とかどう？

カフェラテの色。可愛いよね。

プレゼントのお守りは、刺繍は時間がかかるからいっそ宝石にお祈りパワーを注いでしまおうと思っている。

安直だけど殿下の瞳の色が青だからサファイアかアクアマリンにしよう。

でも城に宝石商を呼び付けると絶対に凄いお高い感じのを勧められそうで怖いから、ちょっとお忍びで見に行こうかな、別に色の綺麗な魔石でも良いのが有ればそれでもいい。

殿下に渡すなら本当はお高いのがいいのだろうけど、何しろお守りなので、砕け散る可能性がある。

守って砕けて本懐を遂げる。

前回のお守り金貨は砕けず残ったけれど。

緊急で『お忍び買い物クエスト』発生。

クエストを受けたい護衛騎士を選ぶ。

希望者が複数だったのでジャンケンで勝者を連れて行く。

今回はピザ好きのナリオが勝った。

アシェルさんも来てくれると言う。

Sランクのアシェルさんが護衛に付いててくれるとお父様も安心するからとても助かります。

お父様とお母様のプレゼントも物色しなくては。

アシェルさんの亜空間収納があるなら、いっその事祭り用の食材も買い込んでしまおう。

宝石も買う事を想定するとやや良いところのお嬢さんに見える程度のワンピースを着て行こう。

ドレスコードで入店を拒まれたくない。

姿変えの魔道具をまた借りる。

遊び心でお父様の渋い赤い髪色に、落ち着いた深い緑色の瞳に変装。

お父様の瞳の色は私の明るい瞳の色よりも深い緑色だ。そっちに寄せる。

これに上品な紺のワンピースに白いレースの付け襟装備にコートで行く。

お父様カラーの変装を見てアシェルさんが「ティア、自分のお父様を好き過ぎるだろ」って笑いながら言った。

あたり前なんですけど！

この姿で転移陣のある庭園に向かう途中でお母様に見つかった。

「ジ、ジークの色……、ふ、ふふ……っ」

普段クールなお母様が笑いが抑えられずに肩を震わせている。

隣にいるお母様付きメイドも唇が見事に弧を描いている、つまり笑顔である。

「え？　そんなにおかしいですか？」

普通に可愛いはずですけど？

「ご、ごめんなさい、ち、違うのよ、あまりに可愛らしい事をするから、微笑ましくて、お父様が大好きなのは知っていましたけど、ここまで……っ、ふふ」

まだ笑ってしまったのか。そんなにツボに入ってしまったのか。

逆にお母様を笑わせたい時はこの姿になれば良いのか、でも二度目は流石にインパクトが弱いか。

「まあ、いいですけど〜。ちょっと出かけて来ます」

私は照れ隠しで、ちょっと拗ねたように口を尖らせて言った。

「気をつけて、変な人に付いていかないように」

「はい、心得ております」

実に母親らしい忠告をされて王都へ出発した。

プレゼント選び

転移陣を出て、城下街へ来た。

聖者の星祭りが近いせいか、いつもより活気に溢れているように見える。

前世で見た、クリスマス前の少し浮かれた街の様子を思い出した。

そこでナリオが、

「そういえば妖精はどうした？」

と、聞いて来た。お忍びなので敬語禁止令発動中。

「まるで巣の中にいるかのようにポシェットの中で寝てる」

ポシェットを開いて中で寝てるリナルドを見せるとナリオは「可愛い……」と声を潜めて言った。

分かる。寝てる小動物可愛いよね。

「これから宝石を扱うお店に行くから、このまま寝かせておこう」

「ああ、分かった」

ナリオは護衛として一応剣は装備しているが、鎧や紋章の類は付けていないので、休日の騎士様がどっかのお嬢さんを案内してる風を装っている。

エルフのアシェルさんも騎士っぽくも見える、綺麗めな服を着ている。

宝石店に行くくし、ドレスコードで弾かれたくないから。

ちなみにエルフの武器の弓などは亜空間収納の中。

鞄としてトランクを一つ持っている。

街を歩きながら美形エルフとイケメン騎士連れてるこのお嬢さん何なんだよって視線を感じる。

なかなかの店構えの宝石店に着いた。いざ、入店。

店の人が一瞬目を見張ったけど、身なりはそれなりなので追い出されはしなかった。

とりあえず、青い石を探そうと周囲を見渡す。

「いらっしゃいませ、何をお求めでしょうか?」

「青い石を見たいの」

今は子供の外見なので、一応意識して話す。

「青ですか、こちらにサファイアやアクアマリン、アイオライト、ラピスラズリなどがございます」

「……このサファイアのペンダント、買います」

「無茶苦茶決断早いね」

ナリオが驚いている。

「この石が自分を買えと言っている気がして」

目を惹くのよ。

「こちらですね、すぐにお包みします」

「あ、それと緑色の石と紫も見たいので」

お父様とお母様用。

「かしこまりました、こちらへどうぞ」

エメラルド、ペリドット、ジェダイトなどがあった。

「このエメラルドを買います」

「早！」

またナリオが驚いている。

最後に本当は赤なんだろうけど紫に見える石でアレキサンドライトと色んな色味のアメジスト達。

「このアレキサンドライトを買います」

「驚きの速さ」

ナリオがそんな即決で大丈夫か？　って顔して見てくるけど、大丈夫よ。

アシェルさんが鞄から預けていたお金で支払いを済ませて店を出た。

超高級店ほどではないけど結構お金を使ってしまった！

店の人もこの子供何者？　でも売れるからまあいいや！　みたいな雰囲気だった。

しかし、流石本物の宝石。

しっかり稼いで取り戻さないと！　（令嬢なのに中身が小市民）

店の前はそれなりに人通りがあるので、美形集団の我々はえらく目立つ。

しかも美少女が二人のイケメン侍らせているように見える。

しかも片方はエルフ。……かなり見られている。

「すぐ移動しましょう」

私はそう言って、乗合馬車を呼び止める。

「私、乗合馬車は初めて」

ウキウキ気分の私に、アシェルさんが視線を向けた。

「アリア、乗合馬車に乗れたのが嬉しいのかい？」

保護者っぽい優しい笑みを浮かべてる。

「うん！」

私は満面の笑みで答えた。

乗り合い馬車は漫画で見た事あったけど、自分が乗れる日が来るとは感無量である。

「そういや聞いたか？」「何を？」

肉体労働系のおじさん達が話をしているのが聞こえる。

「この国の第三王子様が病人を集めているって」

「病人なんか集めてどうすんだよ」

「なんでも壊血病の人間を集めて治療してくれるんだと」

「そいつは……治療費がめちゃ高くつくのでは？」

「なんと無料だ」

「なんだそれ、信じられねえ。あやしい魔法の実験体にでもされるのか？」

「違いますよ！　それ、まじめに治療してくれてるんですよ。そのうち多くの船乗りにとっての救世主になりますからね！」

　他人の会話なのに思わず口を出した。

「なんだ、えらく可愛い嬢ちゃんだな。王子様の事を知っているのか？」

「医療計画に関わっている人が知り合いにいるだけですけど」

　お忍び中ゆえに詳しくは言えない。

「それが本当ならたいしたもんだな」

「違いない」

　がははと笑って、どうもこのおっさん達、私の言う事も、殿下の事も、信じてないみたい。

　今に見てなさい、結果は出るから。

「噂が広がっているという事はちゃんと仕事頑張ってくれてるんだろうね」

「うん」

私はナリオの言葉に力強く頷いた。

ほどなくして目的地に着いたので、馬車から降りた。

中古の服を売っているお店。

先に子供服のコーナーを見て、いい感じのラテカラーの服を見つけた。

あとは扱いやすい色の服も、二着自分用に購入。自分用が合計三着、控えめ。

どうせ子供はすぐサイズアウトするって言う貧乏性が抜けない。

それから、ふと思い付いた事があって、大人の女性用の服を探す。

中古と言えど普通にコンディションが良いのが沢山ある。

品揃えの良いお店で良かった。

「それはアリアには大きいのでは?」

ナリオもこの場ではお嬢様とか、呼ぶ訳には行かないので「アリア」呼びである。

今日はアリア2Pカラーバージョン。お父様色。

「これはー、メイドのお姉さん達の分」

「どうしてメイドに?　誰かに代理購入を頼まれてた?」ナリオがきょとんとした顔をする。

「何も誰にも頼まれてないけど、メイドさん達も知り合いの結婚式に呼ばれたり、恋人とデートする時とか、実家に帰る時とか、着替えの選択肢が増えると嬉しいかと思って」

私がそう補足説明を続けたら、ナリオは一瞬、眩しい物を見たかのように目を細め、華やかに笑って言った。

「アリアは優しいね」

「まだ他の人には秘密にしておいてね。聖者のお祭りの日に使用人達へのプレゼントに、貸し衣装を始めるっていう計画よ。付け襟も増やして貸すの」

私は今自分が身に着けている襟を摘んで見せた。

城内メイド限定よ、今の所は。城外に貸し衣装屋とかは、まだこの時代には早い気がする。

車もバイクも無いし、人に頼む配達も高くつくから、ちゃんと返却に行く人は少なそう。

「お兄ちゃんも選んであげて？」

と、ナリオをお兄ちゃん呼ばわりしてみた。

ぜひ男ウケするのを選んでやって欲しい。

「……っ！」

口元を押さえて、お兄ちゃん呼びに驚いているようだ。

頬が上気してなんか、嬉しそうなの。

ふふふ。可愛いじゃない。

そしてアシェルさんにも目配せしてみると、私にも？　と自分を指さすので、私はこくりと頷いた。

かつて貴族物のラノベ等でゲットした情報。

実際のところはよく分からないし、雇用側から懐事情を詳しく聞けないから想像なんだけど、メイドさんはあまり普段の着替えを持ってなくて、デートの時やお祭りの時、仲間内で服を貸しあっていた。

下手すればデート服とかではなく、仕事の際のお仕着せ、メイド服という、制服が無い場合にはもっと困っていた。

お賃金も別に高級取りではなく、お金はあんまり無いのに、貴族の家で見窄らしい服は着られないので苦労したとかそういうのも見た訳で。

制服の概念がまだあんまり無い世界は敵味方判別の為にお揃いの軍服は有っても、普通メイド同士は殺し合わないから雇用側の上の人は気にする事もあまりなかったとか。

うちは仲間内と言っても経費節約で人員も多くはないから、せめて中古であっても貸し衣装を用意してみようかという、試み。

逆に新品だと汚したらどうしようって気を使うかもだけど、中古だと気軽に着れるのでは？

私なんかも前世、フリマアプリで買った中古の服は、新品と違って汚しても惜しくないって気軽に着れたものだもの。

まあ、でも、来年からもう少し人員を増やして貰おう、何しろ殿下とかが急に泊まりに来る。

そして男性陣が選んだ服を見て、ふーん、こういう系が男ウケか〜やっぱり清楚な感じか〜。

へー、ナリオはアッシュピンクとか好きなんだ、いいよね、落ち着いたくすみ色のピンクって。

私もくすみカラー好き。

アシェルさんの選んだ服を見る。

カーキにモスグリーンに主に緑系の上品な服を選んでる、あーエルフ感ある‼

みたいな感心の仕方をした。

面白いので、今度は違う騎士も連れて来て選ばせてみよう。

「ところで、男性の執事とかの服はいいのかい？」

アシェルさんが聞いてきた。

「男は地味でいい」

「えっ」

アシェルさんに驚かれた。いかん、素が出た。

「あ、でも着替えは多い方がいいね、清潔感は大事。ちょっと選んでみる」

前世からあまりチャラい男とかはこう、苦手なので、男の服は派手よりシンプルがいいんじゃない？　って思ってたけど、ここはファンタジーな雰囲気の世界。

騎士服や冒険者風の衣装とかは普通にときめくんだけど、平民の男性の普段着はイマイチよく分からなくて、うっかりスルーするところだった。

道ゆく人の服を思い出せ、自分。

「こういうのはどうかな？」

アシェルさんが提案してきた無難そうな服に「いいね」と言って許可を出す。

「これとか」

ナリオも男性用の服もちゃんと選んで見せてくれる。

「うん」

……私ったら、女性を飾る事には熱心なのに……。

今度はお父様のお洋服も作ろうね、私。

とりま、女神様用の服を縫い終わってからだけど。

時間が……足らない。

おかしいな、子供の時間ってもっとゆっくり……あ、私、子供なのに仕事しすぎじゃん？

まあ、倒れないレベルで、頑張ろう。

ライリーの大きなお城の部屋は余ってるから、使用人達用の貸し衣装部屋を作って、これらを使用人用のクリスマスプレゼント……。

——間違った!!

聖者の星祭り用プレゼントにしたいって、お父様とお母様に相談してみよう。

さっき思い付いた事なので、実はまだ要求は通っていないのだった。

冬咲きの花

お洋服を買い終わって、市場での買い物も終わらせた。

いつの間にやら夕方で日も陰った。

冬はすぐに暗くなる。

吐く息も白く、顔が寒い。体はコートに守られているからまだいいのだけど。

街中でお忍び中には、エアコン杖も使えない。

祭り前の浮かれた感じの街の様子を見るのは好きだけど、寒いし、やる事も多いので帰る事にした。

＊＊＊

帰城して転移陣を出ると、お父様が近くにいた。

外は寒いのにわざわざ出迎えに来てくれたのだろうか？

「お父様、ただいま帰りました」

お父様が目を見開いて、私を見ていた。

「あ……」

まだ姿変えの魔道具でお父様の色のままだった！

赤い髪に深い緑色の瞳、この色のまま固まった私の方に、お父様が長い足で歩み寄って来る。

私の前で止まると、石畳に膝を突いて私を抱きしめた。

!?

「私の娘が、こんなにも可愛い……どうしたらいいんだ」

お父様は優しさを滲ませたような声でそう言った。

お父様のお膝が石畳についてしまった。

服が汚れてしまうとは思いつつも、抱きしめて貰った事が嬉しくもあるし、やや混乱して私はお父様の腕の中で固まっている。

だけど、お父様のぬくもりで、ぽかぽかする。

「前から可愛いんだから、どうもしなくていいだろ」

エルフのアシェルさんが冷静に言った。

「それもそうか」

「ティア、お帰りなさい。外は寒かったでしょう、早く城に入りなさい」

お母様は優しい微笑みを浮かべ、冬咲き水仙の花束を抱えて現れた。

白い花とお母様…絵になり過ぎる、美しい。

「お母様、ただいま帰りました」

お母様がニコリと微笑んだ。

「このお花、城宛てに届けられてたものなの。門番が預かったそうよ。ティアの部屋の祭壇用にどうかしら？」

「ありがとうございます」ありがたく飾らせて貰おう。

水仙の花はメイドに手渡して、私の部屋に運ばせるようだ。

お父様は私を一旦離した後に抱き上げ、縦抱っこで抱えたまま城へ向かった。

えへへ。なんだろ、今日はサービスが多いね。

照れる。

しかし視界が高い……な。

城の天井が高いからぶつけたりはしないけど。

晩餐中に少しの間だけ使用人達を下がらせ、つまり人払いをして貰って、聖者の星祭りの日の使用人用の贈り物の件を相談したら、快諾してくれた。

良かった。

＊＊＊

晩餐の後に自室に戻ろうと食堂の扉を出たところで、家令から手紙を受け取った。

差し出し人は子爵令嬢のブランシュ嬢からだった。

自室に戻ってペーパーナイフで封を切る。

彼女の元には、あの例の庭師から手紙が届いており、瘴気の影響が消えて、庭が蘇り、草ぼうぼうで感動したとあった。

草ぼうぼうでも嬉しかったのね。つまり植物がまともに育つようになった証だからだろう。

彼からの手紙には花の種、苗、球根、この城から貰った野菜なども植えたらちゃんと枯れずに育っているので、かつてのように、美しい庭を取り戻せそうだと書いてあったらしい。

庭師からの手紙は、所々滲んでいて、でも紙もインクも安くはないので、平民の彼は、そのまま出したのだろう。

涙の跡が残った手紙を見て、両親の愛した庭が蘇った事がよほど嬉しかったという事がありありと伝わったという……。

ふと、清廉な香りがする祭壇に目をやった。

食事の間にメイドによって飾られたのだろう、お母様が渡してくれた冬咲きの水仙は、そもそもは、どなたがくれたものだろうか。

お母様はこの城宛てに贈られて、門番が受け取ったと言っていたような……？

もしかしたらあのブランシュ嬢のとこの庭師からだったのだろうか。

城からわりと近い所に住んでいると聞いたような。

そんな事を考えていると、

『その水仙の贈り主は、あの子爵令嬢のとこの庭師だった男だよ』

私の視線の先を見たリナルドがあっさり言った。

暖炉の火と燭台の灯りで、室内は優しく暖かなオレンジ色に照らされている。

リナルドは私のベッドの上でぬくぬくと寛いでいた。

「……彼の庭が蘇って、本当に良かった」

ふかふかの布団の上で転がっているリナルドをなでなでする。

気持ち良さげにしていて可愛い。

今夜は……私も水仙の香りに包まれて、眠るだろう。

聖なる夜に

早いものでなんだかんだと縫い物したり贈り物の準備などしていたら、聖者の星祭りの日がきてしまった。

お母様から、美しい手編みのレースをいただいた。

びっくりした、いつの間にこんな凝った作品を作っていたのかと。

お父様からは冒険者時代にダンジョンで見つけた、美しい宝石の付いた宝箱。

大！　中！　小！　の三つの箱である。

ロマン溢れる逸品！

ドラゴンスレイヤーがダンジョンで見つけた宝箱ってオークションに出したら高値が付きそう！

出さないけど！

「お父様、お母様、ありがとうございます、こんな素晴らしいものを」

そして私からのプレゼントを渡す。

お父様にはアスコットタイを留める金具にエメラルドを埋め込んだ物。

「とても上品で高貴な感じだな、ありがとう」

受け取ったお父様が華やかに笑って、ほっぺにチューまでくれた！

至福！

お母様にはアレクサンドライトをブレスレットにして渡した。

「まあ、光によって色が変わるのね。とても神秘的で素敵。綺麗な物をありがとう、ティア」

お母様も女神のような微笑みで喜んで下さって、これまたほっぺにチューと言う大サービス付き。

私が男なら昇天しかねない。

聖夜に召される。

弟のウィルバートには健康祈願の模様を刺繍したシーツをあげた。

日本にあった御守り刺繍のちゃんちゃんこを一瞬考えたけど、ここの西洋風文化圏内で激しく浮くので諦めた。

弟は「あーあー」と、多分愛らしい「ありがとう」を返してくれたのだと思う。

可愛い。

私の両親は優しいのでどんぐりや松ぼっくりでも喜んでくれる可能性はあるけど、まだ若く綺麗なうちに、呼ばれたパーティーとかお茶会で綺麗な宝石を身に着けておいた方がいい気がして、超高級店の物じゃなくても、本物の宝石を贈った
未だ節約意識が高くて、自分で宝石を買いそうに無かったというのもあったから私から贈った。

昼のうちに城内のささやかな身内向けパーティーでご馳走を食べたり、贅沢な果汁一〇〇％ジュースなどを飲んだりした。

料理は私がリクエストしたえびグラタンに鳥の丸焼き。ピザ、ケーキ、果物等色々並べられた。

ちなみにグラタンのマカロニは伸ばした生地に編み棒のような棒を押し付けて転がして筒状にして手作りした。

それと予定通りに、使用人用の無料レンタル服を始めると言ったら、大変、喜んでくれた。

メイド達は用意された部屋で早速着替える事が許された。

綺麗めワンピースにつけ襟を付けて、星祭りパーティーに華やいだ姿で参加出来たのである。前回の贈り物の花飾りも付けてくれていた。

うん、着飾った女の人、可愛いねぇ。

執事は平民の普段着より執事服の方がかっこいいのでそのままでいてくれと言う女性陣の希望により、今回は着替えて無い。

あはは！　確かに執事服かっこいいよね！

なお、給仕は臨時で雇った外部の人がやってくれた。

星祭りは本番が夜なので、少しだけ王都の祭りも見に行く。

教会の塔の転移陣に七時ごろこちらの転移陣から移動するとギルバート殿下に伝えてある。

私はライリーの星祭りパーティーで着ていた淡いピンクのドレスから、ラテカラーのワンピース、一応平民に見えるだろう服に着替えた。

時間になって、ライリーの若い騎士とアシェルさんを伴って、転移陣を起動し、転移した。

すると、どうでしょう！

殿下達が転移陣の側で出迎えてくれるのは、まあ想定していたけど、予想外の人までおられた。

なんと、聖職者のトップに君臨している、聖下が目の前に……！

白い豪華な聖職者の祭服に、サファイアの宝石の付いた三角っぽい形のローマ法王みたいな特徴的な帽子を被ってるから初見でも分かる。

きゃーーーーっ！　何で⁉　どうしてこうなった⁉

私の脳は一瞬フリーズしてからの再起動。

ギルバート殿下を見てどういう事ですか⁉　という眼差しを向けたら、困惑した顔で、俺にも分からないって雰囲気で苦笑いされた。

く、覚悟を決めて挨拶をするしかない。

「初めまして、ライリーのセレスティアナ嬢とお見受した。私はレイモンド・ラ・エマニュエルと申します。お会いできて光栄です」

プラチナブロンドに宝石のような金色の瞳の二〇代後半くらいのイケメンは悠然とした笑顔でそう名乗った。

凄く聖なる光魔法が使えそうな高貴な外見！

先に聖下からご挨拶をされたけど、私は今、姿変えで茶髪に平民服で擬態してるんですけど！

ここはお見受けしないでスルーして欲しかった！

まあ平民は普通転移陣を使えない上に、殿下が待機して人を待っていたから、そこから推測したのかもしれないけど！

「セレスティアナ・ライリーにございます。拝謁《はいえつ》を賜り光栄に存じます」

平民服でカーテシーをするはめになった。重ねて詫びを入れる。

「お忍びのつもりでしたので、このような姿で申し訳ありません」

頭を下げて私はそう言った。

何でわざわざ聖者の星祭りの忙しい日に、私を待ち構えていたの⁉

不安なんですけど！

一計を案じる

突然現れた、いや、待機していた聖下の存在に驚いた。

白い祭服を着たお供の聖職者をずらりと控えさせて私の眼前に立っておられる。

「いや、噂に違わぬ美しさだ。プラチナブロンドに内から光を放つかの様に煌めき、澄んだ新緑の瞳……」

聖下が陶然《とうぜん》とした眼差しを私に向けて、そう言った。

「え？　姿変え機能してない？」

私は驚いて手首の魔道具をコートの上から手のひらで押さえ、隣にいるアシェルさんを見た。

「いや、ちゃんと機能してる、茶髪に茶色の瞳だ」

「ああ、私には看破というスキルがあってね、真実の色が見えているんだ、驚かせて申し訳ない」

アシェルさんの言葉に被せるように言った聖下が説明してくれた。

なるほど、看破かー。流石聖職者のトップ！

「聖下が何故私の出迎えなどを？」

当然の疑問を投げる。

「いや、ここに来れば会いたかった人に会えると予感がしてね、導かれるまま来たのだよ。ライリーの大地の浄化、素晴らしい偉業を成した令嬢だ、一目でもと」

「恐れいります。神様の御慈悲を賜りまして……」

殿下も聖下の存在感に圧倒されているのか、口を挟めず静観している。

びっくりさせられた分、せっかく権威ある人に会えたのだし、仕事を頼んでやろうと思った。

「聖下、わざわざ挨拶して下さったご好意に甘えて、一つお願いをしてもよろしいでしょうか？」

わりとあつかましく強引ではあるが、通してみせる。

「お願いですか？」

聖下の様子は興味深いという風で、不快そうな感じは無い。

「私は今、ギルバート殿下の進めている、壊血病の医療計画に手を貸していただけないかと思っております」

「手を貸すと言うと？」

「簡単な事です。病人を集めて変な事をしているのでは？　と、世間では勘違いする者がおります。殿下の行いは正しく病に苦しむ人を救う為の尊い行為であるのにもかかわらずです」

「ふむ」

「聖下の教話の後にでも、あの医療計画に偽りは無く、正しく救済のものであると説明をしていただきたいのです。聖職者の権威ある言葉なれば、信じる者も多いでしょう」

「なるほど、人の集まる場所での教話の後に少し話せばいいだけと」

「左様でございます」

「看破のスキルで言葉の偽りも見抜けるのでしたら、ご随意にどうぞ」

私は聖下に「当方、偽り無し！」という風に目を合わせる。

「……なるほど、セレスティアナ嬢のその言葉に偽りは無い」

そう言って聖下は次に殿下の方を見る。意味を悟った殿下は胸を張って断言した。

「偽りなく、壊血病から人を救う為の行為である」と。

「いいでしょう、私からも話をしておきます。病に苦しむ人々の救済なれば、我々も望むところです」

快く引き受けて下さった！　流石聖職者！　内容は人助けだものね！

信者の集会で説教の後に少し雑談を付け加えるだけの簡単なお仕事です！

「ありがとうございます。人助けの為であるのに殿下にあらぬ疑いがかかっているのを知った時には、肝を冷やしました」

私のせいで評判を落とすなど、許されない。

「お優しい事だ」

「過分なお言葉でございます。あ、そうですわ、引き受けて下さったせめてものお礼に、ささやか

「ですが」

アシェルさんに頼んで鞄と見せかけた亜空間収納から食パンを一斤丸ごと、紙に包んだ物を聖下のお付きの人に渡して貰う。

「それは……」

「パンです。ふわふわでもっちりしておりますよ。軽く温めてからだと、なお一層、美味しくお召し上がりいただけます」

私は微笑みつつ、商品パッケージの説明を読み上げるように言った。

「ありがとうございます」

聖下はパンと聞いて、一瞬目を丸くして驚いた後に、おかしそうに笑ってお礼を言った。

ライリーでの浄化の儀式でも、清貧を尊ぶ巫女さん達はお肉は受け取らずとも、おにぎりやパンなら受け取った。

こっちの聖職者もパンくらいなら渡しても平気だろうと思った。

あんまり凄いの渡しても賄賂みたいだし。

パンくらいなら微笑ましいよね、だってさっき笑ってらしたし。

話は終った。

「祭りの最中ですのに、貴重なお時間をありがとうございました」

私はお礼を言って、去る事にする。殿下もさっきからお待たせしている。

「良い夜を」

聖下のありがたい言葉をいただき、我々の聖者の星祭りはこれからだ！

これから祭りの屋台を見に行くぞ！　と、決意を新たにしたのだった。

星降る空の下で

さて、いざ屋台へ！　と、行きかけて、思い出した。

「あ、殿下。祭りの最中にちょっと抜けて来ただけでしたら、すぐ城へ戻られます？　それなら、今プレゼントを」

アシェルさんにケーキと御守りを出して貰おうかとしかけたんだけど。

「ああ、それなら十分に時間を貰ってきたから、慌てる事はない」

「よく時間を作れましたね」

「驚異の浄化能力者の接待と言えば要求は通った」

驚異！　まあ確かに驚きの奇跡が起きてたか。

「殿下、塔から出る前に色変えを」

「あ、ああそうだった」

側近の言葉に頷いて、姿変えの魔道具で髪と瞳の色をガイ君カラーに変える殿下。

黒髪に赤い瞳。この姿、久しぶりに見た。

殿下達は急ぎつつもお迎え時には冒険者風の衣装に着替えて来てくれていたけど、そう言えば色はそのままだった。

城から出るお忍び中なので殿下も転移陣のある教会の塔から出る前には色くらい変えないとってことね。

無駄に顔の良い冒険者集団である。

「じゃあ屋台を見に行きますけど、構いませんか？」

私はウキウキしながら言った。

隣でアシェルさんが、「ステイ！」って顔してるけど、ワクワクが止まらない。

足早に塔から移動を開始する
「屋台に行くのは構わないが、お腹が空いているのか？」

「尋常じゃなく屋台が好きなだけですよ」

「尋常じゃなく……」

街は祭り当日とあって、祭り会場の公園は賑やかな喧騒で溢れていた。

篝火も焚かれ、魔法か魔道具の灯りもそこかしこで灯されていた。

冒険者風の人達も沢山いる。

「あれってもしかして聖女様の像？」

公園の中心あたりに普段は見ない白い女性の石像が花と共に飾られ置かれている。

「そうだ」

「普段は見ません……見ないね」

おっと、そろそろ町娘風の言葉にしないと。

「鳥の糞や埃が付かないように、普段はしまってある」

へぇ、すごく大事にされている。

聖女像の前でお祈りしてる人までいる。

「うーん、屋台が多くて迷う」

お肉の串焼き、クッキーなどのお菓子、牡蠣焼き、イカ焼き、ホットワインとかがある。

流石に前世のように焼きそば、たこ焼き、りんご飴、お好み焼き、チョコバナナ、綿飴なんかは無いけど。

イカ焼きを見て、醤油が有ればなあと思いつつ、結局鶏肉の串焼きを選んだ。

ポンチョの内ポケットから銅貨を出して支払った。

「かぶり付いて大丈夫か？」

殿下が淑女らしからぬ事をしようとする私を気にかけて言ってくれるけど……。

「今はアリアなので大丈夫」

強引に通す。

焼き立てで湯気も立ち、美味しそうな香りがする串焼きをパクリ。

「まあ、君がそれでいいのなら」

前は確かお前呼びだったのが、正体を知ってから気を使って、君呼びになっている。

「美味しい……」

ホクホク顔で言う私。焼き鳥美味しい！

私の護衛のアシェルさんやライリーの騎士のローウェは隣のイカ焼きを買った。

……塩味かな？

「俺も買うか」

殿下の呟きに反応して側近がさっと財布を出して、私と同じ串焼き人数分買った。

毒見のお兄さんも健在。一口食べてから殿下に渡す。

絶対一口齧られるのって可哀想。かき氷だと、てっぺんを先に食べられてしまうのかな？

せめて下の方を、いや、シロップを疑うのなら、やはり、てっぺんからかな？

殿下もそれでも串焼きを美味しそうに食べているから、まあ、いいか。

側から見たら兄貴分の男に奢って貰いつつも一口奪われている少年だけど。

「あ、このイカ焼きお父さんにお土産にしたいな、アシェルさん、鞄に入れてくれる？」

亜空間収納に突っ込んでくれの意味。

「いいよ」

私が追加のお金の入ったお財布をポシェットから出そうとすると、リナルドが出て来て、肩の上に移動した。

「ねー、あの動物何ー？　可愛いー」

「リスじゃないの？」

子供と母親らしき通行人に早速見つかったけど、ただのペットですよって顔してスルー。

お金をアシェルさんに渡してイカ焼きを爆買いする。

「その鞄めちゃくちゃ入るな⁉」

店のおじさんが大量のイカ焼きを全部鞄に突っ込むアシェルさんを見て驚いている。

「魔法の鞄なのでね」

「流石エルフ、凄い物を持ってるな」

アシェルさんはにこりと笑って誤魔化した。

「ねー、あの女の子めちゃくちゃ可愛い」

「エルフいるじゃん。マジ綺麗～」

「ていうか、あそこの集団なんでイケメンが多いの？」

「知らんけど目の保養！　お祭りっていいね！」

などという声も聞こえてくる。

そうだね、私も記録の宝珠で屋台を楽しむイケメン集団を記録しよ！

ポンチョの下に首から下げてる宝珠を握り、撮影。

じっと見つめる事になる。

「何だ？　追加の串焼きも買ってやろうか」

殿下が焼き鳥を食べつつ聞いて来た。

「今撮影してるだけだから、気にしないで」

「何だ、宝珠を持ってるのか、実は私も今日、自分用を貰った」

陛下からの聖者の日のプレゼントかな。

「良かったね。って、ええ⁉　もしかして私を撮る気なの？」

「記録するとも、ほら、あの花屋の前に移動しろ」

「食べ物の屋台の前でいいじゃない」

「どんだけ屋台好きなんだよ」

じっと見てくる。

「分かったわよ、移動すればいいんでしょ」

花屋の前に移動。

不自然じゃないよう花を見てるふりをする。

撮影が終わったのか、殿下はポケットから銅貨を出して、黄色い花を一輪買った。

「一輪だけ買ってどうするの？」

殿下はガイ君の外見でニヤリと一瞬笑って、側近に宝珠を預け、ポケットからハンカチを取り出す。

「こうする」

水気をハンカチで拭って茎を短めにしたと思ったら、私の髪に花を飾った。

こ、こやつ！

何気に乙女ゲーイベントのような事を、ナチュラルに発生させた！

さらに側近が阿吽の呼吸か、撮影までしてるっぽい。

右手で宝珠を握ってるだけでなく、左手で親指を立てて「やりましたよ！」みたいな仕草をしているから。

うう〜！　恥ずかしい！　照れる。

「あ、ありがとう」

心の準備が間に合ってないのだけど、とりあえずお花を買ってくれたって事だし、一応はお礼を言う。

「大丈夫か？　顔が赤いぞ」

殿下は楽しそうに笑っている。

「篝火のせい！」

「まあ、そういう事にしておくか」

それから、蚤の市みたいに雑貨、小物を並べているお店に移動した。

「こういうお店を出すのって、やっぱり許可がいるんですか？」

お店のおじさんに声をかけて聞いてみた。

「なんだい、お嬢ちゃんも何か売りたいのかい？　食べ物や飲み物の店だけは許可がいるよ。雑貨なら、薬系以外は大丈夫」

「石鹸とかはどうでしょう？」

「石鹸くらいならいいんじゃないか？　まあ詳しくはお祭りの責任者に聞けば良いよ」

「そうですね、分かりました、ありがとうございます」

一応物を尋ねるので丁寧な言葉にした。

「いいって事よ」

「この木製の器とトレーとスプーンを下さい、五組ずつ」

「お、そんなに買ってくれるのかい。ありがとよ、お嬢ちゃん」

おじさんは満面の笑顔で商品を包んでくれる。

アシェルさんが収納してくれる物は全部鞄に入るからおじさんが目を丸くして驚いている。

おじさんの木工雑貨の出店前から移動した。

私の隣に並んで歩く殿下が小声で話しかけてきた。

「あの、さっきは……ありがとう、な」

「さっき？　私、お礼を言われるような事を何かした？」

「何か白くてすげー人にわざわざ声をかけて、お願いまでして、俺の誇りを守ろうとしただろう」

白くてすげー人って白い服を着た聖下か！

言い方が面白くて吹き出した。

「し、白くてすげー人って、あはは！」

確かに殿下の名誉を守る為に、偉い人にお願いをしたわ！

「仕方ないだろ！」

まあここで聖下の話を堂々とするのもね。

顔を赤くして抗議する黒髪の美少年。

「あはは、そうだね、ごめんて」

「ところで、あそこに場所を取ってる」

花見の場所取りみたいな事をしていたのか、春には緑色の芝生ゾーンだっただろうスペースに椅子を並べた所を指さした。

「ああ、わざわざ休憩所を用意してくれていたの」

「そろそろ空を見上げる時間だ、宝珠を」

側近から宝珠を返して貰う殿下。

「確かにこれ、星祭りだしね。せっかくだし、私も今夜の冬の星空を記録しよう」

晴れてて良かったと思いつつ、宝珠を握り込む。

場所取りしてた所に皆で移動して椅子に腰掛けた。

「来るぞ、上だ」

「え？」

殿下に言われるまま星の瞬く夜空を見上げた。

ゴーンと言う鐘の音が響く。

流星が見えた！　しかも一つではない！　いくつもの！

「流星群！」

わ――――っ!!　と周囲から歓声が上がる。

「え、星祭りって、いつも流星群が見れるものだったの!?」

知らなかった！　今まで見逃してたって事⁉

「いや、いつも見られる訳じゃない。誰かがその年に、徳の高い事をした時だけ見られるという言い伝えがある」

殿下が流星を見ながら答えてくれた。

「あの流星群は神様からの祝福の輝きだと言われております。久しぶりに見られましたね」

殿下の側近が感慨深げに捕捉説明をくれた。

久しぶりなんだ！　見逃しまくってたわけじゃなくてほっとした。

「徳の高い……あ！　もしかして第三王子殿下が壊血病の件で頑張って下さってるから流星が！」

私は声高に叫んだ。

「……自分の行動は忘れているのか？」

殿下が小声でお前は何を言っているんだという表情をしている。

「ねえ、ガイ君は何で流星群が来ると事前に分かったの？」

「風の精霊が騒いでいた」

「ああ……風の精霊の加護持ちだったね」

ややして流星群の天体ショーが終わった。

ほーっと、ため息をつく声が、周囲のギャラリーから漏れた。

さらに、教会の方角から、喜びを表すかのように鐘の音が響き渡った。

わーっと再び沸き立つ人々。

「こりゃめでたいな！　酒だ！　乾杯をしよう！　子供はジュースだ！」

「「かんぱーい！」」

周囲の盛り上がりは最高潮。

お酒の注文がじゃんじゃん入っている。

楽しげな様子の中で、プレゼントを渡す事にした。

「チーズケーキとお守りです」

お守りは小さな箱に入れて紫色の布で包んである。

「ありがとう」

殿下は思わず見惚れるような華やかな笑顔を見せてくれた。

そしてお守りの箱だけ一旦腰の鞄に入れて、狩りのご褒美で貰った転移魔法陣の布を取り出した。

二人の側近にその布の端を持たせ、拡げて貰ってそこにケーキを収納した。

今度はぬっとロール状の布地を魔法陣から取り出した。

それは瑠璃色の美しい、見事な布地だった。

「これを、君に」

「あ、ありがとう」

立ち上がって椅子の上に布地を立てて、食い入る様に見る。

なんて鮮やかな瑠璃色の生地！

圧倒される。凄い技術で染められている気がする。

「ラピスラズリを砕いて染料にして、錬金術師が特殊な技術で染めた生地だ」

殿下がさらっと、とんでもない事を言った！

どんなお金の使い方をしてるんです！

「私なんかに、またこんなにお金をかけて」

外見が凄い美少女でも中身は残念オタクなんだぞ！

とはいえ、せっかくのプレゼントだものね。

大事に使わせていただこう。

アシェルさんに頼んで汚さないように、亜空間収納に入れて貰った。

「君がくれたこのペンダントも、宝石のようだが」

私が布をしまっている間に中身を出して見てた。

「お守りなので砕ける事を想定して、そんな高い物は使ってないのよ。服の下にでもそっと忍ばせておいてね」

「綺麗な青だ……」

ペンダントを手に取って、キラキラした瞳で見ている。

反応が可愛い。昔と違って今は私そこまでお金に困ってないから、多少は人に使えるし、私の為に殿下が自分のお小遣いをガッツリ削らなくていいのよ？

「お守りなのでちゃんと装備してね！」

これだけは、というポイントは念をおしておく。

「今着けてしまおう」
赤茶髪の側近のエイデンさんが早速強引に装備させる。
世話焼きのお兄ちゃんみたい。
私は再びそっと宝珠を握った。
……私が、性別逆で男だったら彼氏面して着けてあげたいシーンだわ。
こう、好きな子のうなじにドキドキしつつ。
乙女ゲームファンだけど、ギャルゲーも好きなんだよね。
いやでもこういうのギャルゲーじゃあんま見ないかな。
どちらかと言うと……少女漫画か。
長い後ろ髪を胸の前に除けて、あ、髪サラサラだ……とか思いつつやるやつ。
「ちゃんと身に着けたぞ」
やや照れ気味に報告してきた。……可愛いじゃないの。
とりあえず無事にプレゼント交換イベントを出来た事に満足して、私も笑顔で返した。
夜空を見上げれば、星は美しく瞬いている。
今日は本当にいい星祭りだった。

騎士の肖像画

「ただいま帰りました」

王都で流星群を見た後にライリーに帰った。

姿変えの魔道具を停止させ、元の色に戻す。

城内の祭りはまだ続いていて、男の人達はまったりと飲んでいた。

お酒とつまみが有れば、朝までずっと飲めるのかもしれない。

お母様は弟と一緒に早めに自室に戻ってるようだったけど、お父様を見つけた。

「お帰り、ティア」

私はソファに座って寛いでいるお父様の元へ行き、膝をかけ、ソファに登った。

そしてお父様の頬にちゅっとキスをした。

するとお父様はやや、くすぐったそうに笑った。

……笑顔が可愛い。大人の男前だけど可愛い！

昼にプレゼントを貰った後に、こちらはキスも貰っていたのに、舞い上がってお返しのキスをしていなかった事を思い出したのである！

なんたる不覚。

「お父様、流星群を見ましたか？」

「ああ、レザークが風の精霊が騒いでるから屋上に移動しようと言ってくれたからな。綺麗だったよ」

「ああ、なるほど、屋上から」よかった、こちらの人達もちゃんと見れてて。

「王都の賑わいはどうだった？」

「賑やかでしたよ。宝珠に記録してあります。見ますか？」

「そうだな、せっかくだし、用意させよう」

お母様には明日のお茶の時間にでもまた見せるという事で決まった。

壁に白い布を用意して映し出す。

祭りを楽しむ王都の人達や屋台。串焼きを食べる殿下や騎士達。

美しい夜空に流星群。

そして……

「ラ、ラピスラズリを砕いて染めた布地⁉」

お父様もあのプレゼントには驚いた。

「流石王家の王子殿下、やる事が凄いですな」

黒髪眼帯騎士のヘルムートさんがバリトンの声で言った。渋い、かっこいい。

アシェルさんが亜空間収納から実物の布地を出した。

「ほら、これだよ」

「鮮やかな瑠璃色だな……見事だ」

お父様がほう……と、ため息を漏らす。

「この美しく高貴さを感じる瑠璃色は、私よりもお母様に似合いそうです」

「いや、しかし、ティアへの贈り物な訳だし、自分のドレスを作った方が殿下もお喜びになると思うぞ？」

「そうですねえ……とりあえずまだ女神様のドレスを縫い終わってないので、収納しておいて下さい」

お父様は素直に亜空間収納に入れてくれた。

これでうっかり虫に食われる危険は消える。

「アリーシャ、私の部屋から画材を持って来てくれる？　紙も」

おもむろに指示を出す私。

「はい、お嬢様」

食べ終わったお皿を下げて貰って、スペースを作る。

アリーシャの持って来てくれた画材を机の上に広げた。

「こんな所でお絵かきか？」

お父様が疑問を投げてくる。

今はサロンにいるので、まあ、ちょっとおかしいですけど。

「未婚の騎士がそこに揃っているので。ほら、ヴォルニー、正面に座って」

「え、今、以前に言っていた肖像画を？」

金髪のイケメン騎士のヴォルニーが驚いた顔をする。

「そうよ、あまり時間はかけられない絵になってしまうけど、許してね」

いきなり始まる似顔絵描き大会。

重ね塗り可能な絵の具だから多分どうにかなる。

でもやはり、シャーペンと消しゴムが欲しいな。

「お嬢様が描いて下さるなら、どんなものでも嬉しいですよ」

……何しろどんぐりでも喜んでくれる人達だからね。

「ん？　ティア、異様に絵が上手いな」

お父様が驚いている。

お父様は私の部屋にある祭壇の絵を見ていないのよね。

「お嬢様は天才なんですよ」

アリーシャがやたら誇らし気に言う。

「凄いな……お嬢様は絵もお上手だったんですね」

目の前のヴォルニーも驚いている。

「えへへ」

笑って誤魔化してるけど、確かにこの年齢にしては異様に上手いと思う。

「……婚約者と別れてライリーの城に勤めてる我々の為に、お嬢様はお優しいです」

ヴォルニーは感動しているようだ。

「つまり、お見合い用の肖像画を描いてもらっていると？」

お父様が隣でお酒を飲み、私のお絵描きを見守りつつ問うた。

「気にしなくてもいいと言ったのですが、お嬢様はお優しいので」

ヴォルニーは穏やかに微笑んでいる。

そんなこんなで、なんとか騎士五人分の肖像画を描き終える。

前世のイベント会場でスケッチブックに頼まれたキャラを描いてた時を思い出した。

人様の推しを描かせていただいたなあ……。

「「ありがとうございます！　家宝にして自室の壁に飾ります！」」

受け取った騎士達が嬉しそうなのはいいけど……違う！

「違うでしょう！　うちに勧めると言ったら安定を求める女性に縁切りされたから、新しい出会いの為に、姿絵をお見合い相手の家に送るのよ！」

「そんな事をして、大事な絵が戻って来なかったら、どうするんですか」

「要返却って書いておけば」

「信用出来ないです……」

「故意じゃなくとも事故とかで紛失するかもしれません」

「そこらの画家に描き直して貰っても、お嬢様から描いて貰った大事な絵は戻りませんし」

ええ……？　んもー!!

「だから何の為に書いたと思ってるの。自室に自分の肖像画とか、ナルシストみたいよ。やめなさい」

君達、もしかして子供が幼稚園か小学校で描いて来た絵を壁に貼る保護者気分になっているの？

「しかし……せっかくお嬢様に描いていただいたのに」

なおも抵抗する騎士達。

「どうしても見合い相手の家に送りたくないなら、実家の両親の元にでも贈ればよかろう」

お父様が実家の両親も絵があれば息子達の顔がいつでも見れて嬉しいだろうと言うと、騎士達は承諾した。

実家なら大事に飾ってくれるだろうけどね。

「でもお見合い用は……」

「他所の、人の多いパーティーに呼ばれて出ればモテるので大丈夫ですよ」

ローウェがそんな事をあっさりと言ってのける。

んもー！　イケメンは余裕ね!!

ライリーの大地が復活したし、その気になればいつでも彼女作れますって事ね。

それならそうと、はよ言って！

「そうなの。じゃあこれは、私から星祭りの日の贈り物という事にしますからね」

諦めて、そういう事にする。

「「はい！　ありがとうございます!!」」

騎士達の声がハモる。

「ティアはそろそろ寝なさい、疲れただろう」

「はい」

お父様の言葉に返事をして、お風呂に入って寝る事にした。

はあ……、今日はイベント目白押しだったな。

お風呂から上がるともうぐったり。

私はリナルドと一緒にベッドの中で丸くなると、すぐに眠ってしまった。

隙あらば膝に乗る猫のように

カリカリ……。

妖精のリナルドはテーブルの上で愛らしく胡桃を食べている。

サロンでお父様とお茶を飲みつつお母様を待っていた時の事。

「はっ！」

「ティア、どうかしたのか？」

お父様が一体何だ？　という視線と質問を投げて来る。

「昨夜はもしかしたらウィルがお母様と寝、ねんねしたのでしょうか？」

「そうだな」

「あー！　それなら私がお父様の寝床に潜り込めば良かった」

「ん？　寒かったのか？」

そうじゃないけど、それを理由に甘えたかった！

「私がお父様の湯たんぽになるのです！」

すっくとソファから立ち上がり、お父様のお膝に移動する。

「カイロにもなれます」

お膝にちょこんと座って言う私。

「あはは。こんなに見た目が可愛い湯たんぽやカイロは見た事がないな」

そう言って、きゅっと抱きしめてくれた。

えへへ！　……満足！

「あら、ティアったら、またお父様に甘えているのね」

お母様が弟のウィルと一緒にサロンに入って来た。

ウィルは執事が抱えている。

お母様は私の事をしょうがない子ね、と言うが、顔を見ると優しげな微笑みを湛えている。

しかしこのままではお父様がお茶を飲むのに邪魔なので、私はお膝から降りてソファに座り直した。

＊　＊　＊

お母様に先日の王都側の星祭りの映像を見せた。

「ラピスラズリの生地……ああ、確かシエンナ王女の嫁ぎ先の公爵領はラピスラズリの鉱山を持っていらしたわね」

お母様は優雅に紅茶を飲みながら、そんな情報を下さった。

ちなみにおやつはシュークリーム。

「と、いう事はあの生地は姉君か公爵令息あたりに売り込まれたのでしょうか?」

私はそれだったらいいなと思って言った。

「ありうる話だな」

「身内価格で購入出来ていたらいいのですけど」

私は殿下のお小遣いが心配だった。

「ティアかシルヴィアがあの生地を使ったドレスを着て、パーティーにでも出れば宣伝になるから、破格で買えててもおかしくはないな」

「流石に、あれは私ではなくティアに贈られた物ですし」

「でも、お母様、私はまだ社交界デビューもしていないのですよ」

「まあ、どのタイミングで着るかは悩む所でしょうが、ティアが着てあげるべきでしょう」

「私もそう思うが、売り手側の公爵領の狙いが生地やラピスラズリの宣伝だとすると、早い方がいいとは思うな」

「いいえ、これは殿下からティアへの贈り物ですからね」

お母様は譲らない様子。

青バラモチーフでお母様にあの生地でドレスを作ったらさぞかし美しいでしょうに。

「いただくのがもう少し早ければ、女神様のドレスに使えたような……」

などと考えてしまった。

生地があまりにも豪華だったので……私にはもったいない。

「そういえば、女神様にお供えするというドレスは、どのくらい縫えたのかしら？」

「新年のお祝い前のタイミングでお供え出来るかもしれません。前日あたりに」

すると神様からのご褒美が、お年玉みたいに新年にいただけるのでは!?

と私は思った。

「私にも手伝える事があるかしら？」

お母様が手伝って下さるの!? お優しい！

「外注にすると手抜きだと思われないか心配だったのですが、お母様なら、身内だし、いいかもしれない気がしてきました」

「確かに身内だし、いいかもしれないな」お父様も納得したっぽい。

リナルドも頷いているから、セーフみたい。

「とりあえず、それならお母様はレースを取り付ける作業をお願いしてもいいでしょうか？」

「ええ、いいわよ」

これで作業も少し楽になる。

ほっとして、お茶を飲み、おやつのシュークリームを頬張る私だった。

ティアのＴＳ異世界旅

「高位聖職者の骨で作ったボーンナイフ？」

お父様に呼ばれ、サロンへ向かったら、テーブルの上には木箱に入った骨のナイフが、恭しく紫色の布に包まれていた。

「そうだ」

「そんな罰当たりな事していいんですか？　神職だった人の骨を使うなんて」

せめて鹿の角のボーンナイフとかにして欲しい。

肉や野菜も切れるし、キャンプとかで使えそうなのに。

「聖遺物のお守りとしてオークションでも高値で取り引きされる物らしいが、お守りとして贈られた」

「お父様に？」

「いや、ティアにだ。大地を浄化した聖女に等しい者にこそ相応しいと手紙にはあった。が、骨だしな。女の子のティアは怖がるかもしれないと、渡すか悩んでいたが、聖職者の骨となれば捨てる訳にもいくまい？　ゆえに一応欲しいか訊いてみた」

「返却してはどうでしょう？」

「それが差出人、贈った相手の名前もない。あなたの崇拝者から。としか書かれてなかった」

いや、謎すぎる。

「どうしても扱いに困ったら神殿に寄付してもいいでしょうか？　一応一晩は私が預かります」

「怖くはないか？」

「罪人の骨でなく神職の方のでしょう？」

人骨とはいえ、気味悪いなんて思ったら、失礼かも。

悪意ある物なら結界でこのライリーの城に入れない可能性が高いし。

「まあ、そうだな。あれ？　リナルドは今いないのか」

「あの子はたまにふらりと出かけますから」

ボーンナイフには読めない文字が刻まれていた。

お守りならルーン文字のような物だろうか？


私はお父様から木箱入りのボーンナイフを室内の祭壇に置き、その日の夜、眠りに落ちた後に、知らない世界にいた。

松林、潮の香りがするから海に近いのかも。

知らない男の子の体の中に私の意識があった。

えええ!?　ちょっと待って!?　どうしてこんな事に!?

水に映して自分の顔を見たら、なんと十七歳くらいに成長したセレスティアナ男体化バージョンのような姿をしていた。

白い服を着たプラチナブロンドに緑の瞳の美少年！

まさか、昨日の骨が理由でこんな事に!?

でもそれ以外に最近変わったことはなかった気がする。

そういえばライリーの城が弾くのは悪意のある人間であり、物にはスルーとか条件があったのか

しら⁉

不意に雨が降り出した。

私は大きな木の側に移動した。

人の話し声と雨にぬかるんだ土の上をビチャビチャと歩く音がした。

笠を被った複数の男達が歩いて来る。まるで昔の日本人みたいな姿だ。

笠を被って、蓑を着てる！

私はとりあえず木の後ろに隠れた。

悪人か善人か、敵か味方か分からないから。

「こんな雨ばかりでは作物が腐る。すでに餓死者も大勢出ている。

やはり水神様に生け贄を捧げるしかないか」

「そうだな、村で一番器量良しの娘を」

なんですって⁉　今時生け贄⁉　生け贄を欲するなんてどんな邪神よ⁉

水神がどうして⁉　単なる思い込みじゃないの⁉

とりあえず生け贄やればなんとかなるんじゃないかって希望的観測で。

「悪く思うなよ、これもこの村、この国の為だ」

「やめてください！　娘のスミレの代わりに私が！」

「トヨ、お前は生娘ではない、もう生け贄の資格はないんだ！　諦めろ！　子供はまた産めばよかろう！」

「あんまりです！　ああっ！　私の娘！」

「お母さん!!」

「母親を連れて行け！」

それから黒髪の美少女が、白い服を着せられ、無理やり海の岩に括りつけられた。

あれが、生け贄の少女らしい。

助けないと！　男達がいなくなった後なら、なんとか。

私は周囲を見渡すと、浜辺で食糧でも探していたのか、餓死者のような長い黒髪の女性の死体を船の裏で見つけた。

まだ死んでから時間は経ってないように見える。ウジもまだ湧いてないし。

ごめんなさい。

私はその人の遺体を背負った。

雨の中、暗がりで、荒れる海に入った。

不思議と一瞬雨風が止んだ。急激に。

アンドロメダのように岩に括りつけられている女の子の元に、私は向かった。

月明かりの下で、「静かにしてね、君を助けに来たよ」

私がそう囁くと、少女は目を開けた。

「あなたは……天使様？」

「いいえ、ただの通りすがりです」

「こちらの御遺体とあなたを入れ替えるから、服を変えて」

不意にズボンのポケットあたりから熱を感じた。

何故かボーンナイフが入っていた。

私はそれで少女を縛る縄を切った。鎖でなくて助かった。

「こ、こんな事したら、村が」

「聞いて、水神様は生け贄など望んでいないはず。君はこれから村には戻らず新しい名前で生きるんだよ、寂しいだろうけど」

「で、でもそ、その人は？」

近くの岩の上に寄りかからせ、目を閉じてぴくりとも動かない黒髪の女性を見て、恐る恐る少女は問うた。

「餓死者みたいで、もう亡くなっていた。気の毒だけど、身代わりがないとあの連中は探すと思うから」

「ああ、神様、お許しください……」

少女は恐怖と申し訳なさで泣いているようだ。

「罰なら私が引き受けるから、君は、ただ生き延びて、幸せになるよう努力してくれ」

「でも……」

「生け贄になって死ぬのは怖くはないのか？」

彼女は震える声で言った。

「こ、怖いです……」

「じゃあ、生きろ」

わざと命令口調で言っておいた。

「……はい」

「後ろを向いているから、服を着替えて。死んだ人の服が怖いなら、俺の服をあげる」

「それじゃあなたの服は？」

「腰にこの女性の上着の布を巻けばいいさ、男だし」

少女は何とか上着のみぶかぶかの服に着替えた。水の中でズボンを履きにくいから。

私はボーンナイフで髪を纏め、かんざしのように挿した。

そして、近くの岩に寄りかからせていた女性の遺体に少女の服を着せてごめんなさいと謝りつつ岩に遺体を縛った。

顔が項垂れて見えないから、ごまかせそうな気がする。

海から上がって、彼女は私が履いていた足が余るぶかぶかズボンを履いたけど、裾を植物で編んだ紐で絞った。ウエストは紐だったので、ぎゅっと結べばなんとかなった。

また雨が降り出した。

一人では心細い感じだったので、二人で夜通し歩き、山を超え、こっそり村を出た。

そしてその頃には雨も止んだ。

夜通し歩いて空腹だった。

そう思った時、錫杖《しゃくじょう》の音が、シャンシャンと聞こえた。

我々の前に笠を被り、草履《ぞうり》を履いた僧侶が現れた。

「御仏のお恵みを」

「あ、すみません、何も持ってません」

私は反射的に托鉢《たくはつ》で米くれって言われたと思ったら、逆に何故か握り飯をくれた。

「え、あ、ありがとうございます」

そういえば緊急事態で食事もしてないから空腹で倒れそうだった。

私は握り飯を少女と分け合って食べる事にした。

三つあるおにぎりを二つ少女にあげた。

少女は二個目のおにぎりを半分に割って、一個半ずつ食べましょうと言って微笑んだ。

しばらく歩くと、何故か少女の母親が大きな木の下に立っていた。

「お、お母さん⁉　どうして⁉」

「菫！　夜更け過ぎにまで神社でお参りしていたら不思議な旅のお坊さんが現れて、もうすぐ娘を連れて救世主が来るからここで待てと」

⁉　救世主⁉　それって私の事？

「スミレさんのお母さん、どうやって先回りしたんですか？」

我々より先に山越えてるの謎すぎ。

「そのお坊さんが錫杖をシャンと鳴らして大地に打ち付けたら、ここに」

「そんな不思議な力あるなら何故自分で娘さんを助けてくれないのか」

「わ、分かりません」

それは、まあ、そうか。これが神の思し召し？　であるならば……。

――でも、良かった。

「お母さん、失礼ですがお金少しは持ってます？　娘さんは死んだ事になってるからもう村へは戻りません」

私は一文無しだ。

「はい、夫はもう亡くなっているので、娘とよその村に行きます」

「それならひとまずは良かった」

その時、強風が吹いて、私の髪が解けた。

ボーンナイフも青空に舞い上がった。

ああ、空が青い、そう思った時、またシャンと、錫杖の音がして、私は目覚めた。

ライリーの自室の天蓋付きベッドの上だった。

全ては夢だったのだろうか？

起きたら、ライリー城内大騒ぎだった、私が一日中、目を覚まさなかったと。

専属メイドのアリーシャも泣いていた。

私は寝巻きのまま祭壇に行ってボーンナイフを見に行ったら、無くなっていた。

代わりに愛らしい菫の花が一輪。

不思議な出来事だった。

世界を超えてあの少女を助けていいと、神様が私の寝てる間に魂のみを飛ばしたのだろうか？

でもあの、あちらの世界の肉体はなんだったのか？

考えても分からない。

とりあえず、神殿に行って神官を連れて戻って来た両親にひしっと抱きしめられて、戻って来て、本当に良かったと思った。

後でリナルドにこんな事があったんだけど、あのボーンナイフはなんだったと思う？　と訊いてみた。

『本当に聖遺物ではあったんだと思うよ、遠い世界の神の御使いがティアに届けたのかもね』

自分の世界に頼れる人はいなかったのかしら……。

あの不思議な僧侶も只者ではなかったのに。

「ま、とりあえずお腹空いた」

「お嬢様、お食事にしましょう、すぐに厨房に行って用意してもらいます」

「ありがとう、アリーシャ」

そうして、春の花咲くお昼の庭園で日向ぼっこしていた時、ハッと思い出した。

そういえば手紙とボーンナイフを送りつけてきた人って私の崇拝者とか手紙に書いてたのを思い出し、私は思わず叫んだ。

「私の崇拝者って誰よ⁉」

「「はい！　私です!!」」

⁉

返事をしたのはライリー城の騎士達だった。

彼等は満面の笑顔であった。

「違うでしょ⁉　私の崇拝者だって手紙に書いてボーンナイフを送りつけて来た⁉」

騎士達はびっくりした顔をして、

「あ、それは違います」

「右に同じく」

などと言った。

結局やはり手紙の「あなたの崇拝者」とかいうのも御使い様のお茶目だったのかなと思うしかなかったのである。

あとがき

二巻も無事に発行していただきました！

やったーーっ!!

関係者の皆様、読者の皆様、ありがとうございます!!

二巻の挿絵指定の場所も私が関わっておりますが、かわいかったり爽やかな映えるシーンを選んだりしましたよ！

カラー口絵も流星を眺めるギルとティアで、エモいです。

背後の二人はいつもの保護者、ギルバート殿下の護衛騎士のエイデンとティアの護衛を受け持ってくれてるSランク冒険者エルフのアシェルさんです。

（TSネタにいたっては自分がティアの男体化イラストが見たくて書いた感がありますね）

皆様より一足先にののまろさんのラフ絵を見てますが、やはりとても素敵です！

爽やかなサイダーを飲むシーンやら、かっこいいお父様にティアが頬擦りするシーンやら、とにかくセレスティアナがとっても愛らしいです！

シュークリームを食べているところはお母様が美しいです！

服も大変好みでエクセレント!!

あ、イケメン聖下も登場です。

面倒な衣装の人を描かせてすみません。

蝋燭の絵付け回は原作でＰＶ評価がよかった気がします。

綺麗な絵のついた蝋燭っていいですよね。使うと溶けてしまいますが。

色々あって殺伐とした時代にほのぼのとラブリーと萌えなシーンを詰め込んだ物語をお届けしてます。

本人的にはリリカルとほのぼのを足した感じの物語を目指しておりました。

（ネットでは完結していますので過去形）

夕焼け色の景色のような、叙情的な雰囲気とか、今風に言うとエモいって感じでしょうか。

映像にした時にとても美しいって感じの……。

それと辺境伯令嬢のコミカライズも楽しみです！

皆様、書籍の帯に書いてあったのにお気付きでしょうか⁉

企画進行中ゆえ、続報をお待ちくださいませ！

二巻以降も無事に発行されるよう、応援よろしくお願いします‼

何とかプール回までは行きたい。いえ、本当は最終回まで……。

じき新年を迎える事になります。

皆様ができるだけよい年を迎えられますように。

一二月二十五日　凪

次巻予告
そうだ、キャンプ行こう
異世界転生したら
Isekaitensei shitara henkyouhakureijou datta
辺境伯令嬢だった
～推しと共に生きる辺境生活～
3
凪 Nagi
Illust. ののまろ

ひたむきな幸せインフルエンサーが
愛と癒しをばら撒く、
ほっこりバラ色スローライフ第3弾！
2024年夏発売予定！

広がる
第四部
貴族院の図書館を救いたい! VII
漫画:勝木光
好評発売中
新刊、続々発売決定!
好評発売中
第二部
本のためなら巫女になる! X
漫画:鈴華